目次

※この作品は竹書房ラブロマン文庫のために
書き下ろされたものです。

第一章　ドライブインの美熟女

1

『さみしくなるわねえ、秋月《あきづき》くんがいなくなると』

『でも、転勤先って、見たけどいいところですよねえ。空気がおいしそうで』

『こっち来るときは、連絡くれよな。飲みに行こうぜ』

秋月杏一郎《きょういちろう》は、食堂の窓の外に広がる田舎《いなか》の景色を見ながら、半年前の送別会のことを思い出していた。

同僚たちの適当な別れの言葉が、ワインの澱《おり》のように胸の内にたまって、なかなか消えていかない。

消えないどころか、半年経ってもまだ嫌な思い出として甦《よみがえ》ってくる。

（出るんじゃなかったよな……あんな送別会なんか）

同僚たちの気の毒そうな顔や、やっかいものがいなくなったとでも言わんばかりのせいせいした表情は、杏一郎を人間不信にさせるに十分だった。

杏一郎は三丸《みつまる》不動産の東京本社に勤めていた。

三丸といえば、巨大ショッピングモールやリゾート開発で名の知れた、大手総合不動産会社である。杏一郎は言わばエリートだった。

そんな杏一郎は三十歳になった今年、転勤を言い渡された。

営業成績は芳《かんば》しくなかったのはわかっていたから、「やばいな」ということはうすうす気づいてはいた。

だが、いきなりこんな田んぼと畑しかない田舎に飛ばされるとは、さすがに夢にも思っていなかった。

しかもだ。

新しい職場は、宅地管理事務所となっているが、名ばかりのプレハブ小屋であり、窓際族の所長と現地採用された女性主任、そして杏一郎の三人だけで、仕事といえば新しいリゾート宅地の見まわりくらいのものだった。

気が滅入る仕打ちだが、これが会社というところだ。

辞表も脳裏にちらついた。実質リストラみたいなものだから、本社もそれを期待していたはずである。

だが、出さなかった。

妻がいたからだ。

杏一郎の妻は「三丸不動産」の夫が好きだった。だから左遷《させん》だろうと辞めさせてはくれなかったのだが、そのくせ「私は田舎に行きたくない」と言い張る始末で、結局、杏一郎は田舎のアパートで、ひとり暮らしをすることになった。

子どもがいなくてよかった。それだけは不幸中の幸いだった。

（そういえば、妻はこれを機に仕事を探すと言っていたな。となれば、子作りもいつになることやら……いや、子作りよりも、これから先どうなるのか……）

杏一郎は窓の外を見た。

遠く、たおやかに稜線を伸ばす山々は、赤、黄、橙と色鮮やかに杏一郎の目に迫ってくる。

稲穂が実った棚田は黄金色に輝き、農家総出での稲刈りでせわしない。のどかだ。

実にのどかな山村の風景である。

ハア、とため息をついたときだ。

「ウフフ。なあに、考えこんじゃって」

優しげな声に、杏一郎はハッと顔を前に向ける。

割烹着《かっぽうぎ》と三角巾を身につけた食堂の女将《おかみ》さんが、ラーメンと餃子をテーブルに置いて、杏一郎の顔を見て微笑んでいた。

「あ……いやあ、キレイだなあって……」

杏一郎は外をちらりと見て言った。

女将さんが、お盆を胸に当ててウフフと笑う。

「キレイって。あらあ、それ、おばさんのこと?」

「えっ?」

からかっているとわかっているのに、まともに返答できなくなる。

というのも、この店の女将さんである美乃谷雪絵《みのやゆきえ》は、自分をおばさんと卑下《ひげ》するくせに、なかなかの美熟女だったのである。

意外と言っては失礼だが、この古びた食堂「ドライブイン美乃谷」において、掃き溜めに鶴だ。

三角巾で隠しているが肩までの黒髪はさらさらとして、鼻梁《びりょう》や唇も品がある。

そしてなにより目が大きくて、見つめられるとドキッとする。

タレ目がちな双眸《そうぼう》に加えて、左目の下に泣きぼくろがあって、これがグーンと色っぽさを引き立たせている。

柔和な物腰は、優しげな母親みたいに包容力もあるのだが、なにせ表情や身体つきがやけにそそるので、年齢は四十歳とのことだが、十分ストライクゾーンである。

「雪絵ちゃんさ。四十のおばはんが、なあに東京のわけえもんを、からかっちょる」

後ろに座っていた郵便局のおじさんが、けらけらと笑いながら口を挟む。

「あらあ、私だってまだ捨てたもんじゃないわよねえ」

雪絵が、身を乗り出して顔を近づけてくる。

とっさに目線が下にいく。

(うっ！　お、おっぱいの谷間がっ……！)

雪絵の割烹着の下はいつも着物なのだが、今日は秋とは思えぬ暑さからか、Tシャツを着ている。

そのえんじ色のTシャツの首元がゆるゆるで、白い胸の谷間が完全に見えたのだ。

やわらかそうな熟女おっぱいに、ベージュのブラジャーまで覗けている。

おばさんらしい地味なデザインのブラだ。人には見せたくないだろう。でも見えてしまっている。それが実にエロい。

(すごいっ。やっぱり大きいや。ブラとかパットのせいじゃなかったんだ。もとからの生乳が大きいんだな)

前から思っていたが、女将さんはかなりの巨乳だ。

いつも割烹着越しに、悩ましく重たげに揺れる様が、杏一郎の視線をつかんで離さない。

「まあ確かに、雪絵ちゃんはスタイルええしなあ、尻もおっぱいも大きいから、たまらんわな、わしが十ぐらい若かったら、お願いしちょるな」

おじさんがセクハラ発言をする。まあ田舎でこのくらいの会話は日常茶飯事というところなんだろう。

「ウフフ。いやねえ、もう」

雪絵は笑いながら、杏一郎のテーブルに割《わ》り箸《ばし》の袋を置いた。

すると、もっと奥までおっぱいが見えた。

豊かな乳房の上側が完全に視界に飛び込んできたのだ。

(……おっぱいデカすぎるよっ。だめだ。目が吸い寄せられる)

と、そのときだ。

雪絵がハッとしたような顔をして、お盆で胸を隠した。すごく気まずそうな表情で杏一郎を見つめてくる。

しまった。

いやな顔をされる、と覚悟していたが、雪絵は「ウフフ」と笑ってくれた。

(あれ？　おっぱいを見ちゃったの、怒ってないのかな？)

そのときだった。

柔らかいものが顔に押しつけられていた。

雪絵が割烹着のままで杏一郎の頭を、ギュッと抱いてきたのだ。

こちらは座っていて、雪絵は立っている。

必然的に、顔の位置がちょうどおっぱいのところだった。

(お、おっぱいが……おばさんのおっぱいが、顔に押しつけられて……う、うわっ……な、なんでっ……)

「ねえ、上宮《うえみや》さん。私だって、選ぶ権利あるわよ。私、年下の子、好きなの」

そんな声が聞こえてきて、また、からかわれているんだと思った。

「おうおう。ええなあ。若いもんは得やなあ」

後ろからおじさんの声と、麺を啜《すす》る音が聞こえる。

杏一郎は興奮した。

息苦しいのに、天国だ。

思わず目をつむってしまう。

押しつけられている、というより、顔全体が柔らかなおっぱいに包まれている感じだ。

（おっとりした雰囲気なのに……ムンムンとした濃厚な色香がたまらない）

甘い女の匂いだ。うっとりする。

テーブルの下の作業着の股間が疼《うず》いてしまう。

（ああ、田舎のおばさんって、警戒心がなくて、いいなっ）

今日は帰ったら、雪絵に似ている熟女AVで抜こう……なんて、頭の中が熟れた肉体に支配されていたときだった。

「……杏一郎くん、あなた、泣いてるわよ。早くおばさんの割烹着で拭《ぬぐ》っちゃいなさい」

雪絵が耳元で囁いてきた。

（えっ）

杏一郎はおっぱいに顔を埋めながら目をパチパチした。すると、じんわりと目の前がぼやけてぐる。

（ホントだ……俺、泣いてる。そうか、送別会のことを思い出して……口惜《くや》しくて自然と涙が出ていたんだな……）

三十にもなってみっともなかった。

（ああ、おばさん……俺の涙を隠すために、おどけてギュッとしてきてくれたんだ……）

そうだったのかと、わずかに顔を動かして、雪絵の割烹着で涙を拭った。

「んっ……」

すると、雪絵がちょっとビクッとした。もっと拭うと、

「あっ……んんっ……」

女性が感じたときのような、色っぽい声が漏《も》れ聞こえて、杏一郎は胸から顔を離して、上目遣《うわめづか》いに雪絵を見た。

雪絵はちょっと恥ずかしそうにはにかんで、

「赤ちゃんがおっぱい飲むとき、こんな感じなのかしらね。ウフフ、お目々が真っ赤よ。洗ってらっしゃいな」

そう言って頭を撫でてくれた。

十歳しか違わないのにな、と思うのだが、母親に撫でられた気分だ。割烹着に三角巾の格好が、どうも郷愁《きょうしゅう》を誘うのかもしれない。

杏一郎は目をこすりながら洗面所に行って、鏡を見た。

両頬が熱を持ってジンジンと疼いている。まだあの柔らかな熟女おっぱいに挟まれている気分が続いている。

ミルクのような甘い匂いが、ほわっと鼻先に漂っていた。

おばさんの熟れた色香を思い出し、うっとり酔いしれながらも、杏一郎はズボンの股間の位置を直してから食堂に戻った。

「いらっしゃーい」

新規の客がきて、雪絵が接客していた。

後ろ姿も扇情的だ。腰は細いのにお尻が大きくて、ロングスカートにパンティのラインが浮き出ている。

(ああ、悩ましいヒップラインっ。……おばさん、すみません。今夜はおばさんの身体、妄想の中でたっぷりと使わせてもらいますね)

雪絵を夜のオカズに、と思うだけで、また股間が荒ぶってきてしまった。

落ち込んでいた気分が、一気に晴れた。

男というのは、現金なものである。

2

幸せな気持ちのまま、杏一郎は夜の畦道《あぜみち》を自転車で走っていた。

リーン、リーンと鳴く秋虫の声が心地よい。

この田舎に来てはじめて、少し浮かれた気分になっていて、午後からの宅地の見まわりの仕事も楽しくやれた。

雪絵のおかげである。

昼間のおっぱいパフパフがずっと頭に残っている。調子に乗って仕事帰りにもう一度「ドライブイン美乃谷」に寄ろうと思って、向かっているところである。

「ドライブイン美乃谷」は、雪絵と旦那のふたりで切り盛りしているから、雪絵にちょっかいなどかけられない。

だけど、雪絵に会えると思うだけ、ウキウキした気分になっていた。

《だって私、年下の子、好きだもの》

あの台詞《せりふ》が、冗談だとしても嬉しかった。

(もしかして、おっぱい見せてくれたのも、わざとだったり……あれ？)

遠くに見える「ドライブイン美乃谷」の電気が消えていた。

確か一階が食堂で、二階が住居のはずである。

夜九時なら、いつもはまだ営業中なのに、今日は二階にぽつりと電気がついているだけだ。

(あれ？　休みなのかな？)

自転車をこいで近くに行ってみる。

広々とした駐車場に、クルマは一台だけだった。

自転車を降りて玄関に行く。

臨時休業の紙が張ってある。ガクッとした。

(仕方ない……ん？)

杏一郎はそのときにはじめて、違和感を覚えた。

(あっ！)

鞄《かばん》だ。鞄がないのだ。

ケータイや家の鍵《かぎ》を入れているいつもの鞄が、自転車の籠《かご》の中にない。事務所に忘れてきてしまったらしい。事務所に戻っても、もう閉まっているだろう。

一番の問題は自宅アパートの鍵だった。当然ながら、鍵がないと入れない。

どうしようと思案していると、昼間と同じ割烹着姿の雪絵が、暗がりから姿を見せてきた。

「あら、杏一郎くん。ごめんなさいね、急に閉めちゃって。ウチの人がどうしてもはずせない急用があって出かけてしまって。ん？　なにか落としたの？」

ぼんやりした街灯の中でも、杏一郎が慌てているのがわかったようだ。

「実は、事務所に鞄を忘れてきて」

「そうなの？　大事な物が入ってるの？」

「ケータイとかはいいんですけど、家の鍵が……」

「ええ？　それは困ったわね。由布子《ゆうこ》さんに電話をかけてみたら……あっ、携帯電話もないのね、ちょっと待ってて」

雪絵が玄関から中に入っていく。

こんなに親身になってくれるなんて、と杏一郎は田舎の温かさを感じた。

ちなみに由布子というのは、杏一郎のアパートの大家の奥さんで、杏一郎もたまに夕食などをご馳走してもらっていて、よく知っている。

すぐに雪絵が戻ってきて、両手の指でバツをつくった。

「篠田《しのだ》のおばあちゃんに訊《き》いてみたら、息子夫婦は今日、出かけてるんだって。あとはキミの会社よね。事務所の鍵を持ってるのは米川《よねかわ》さんだけ？　穂花《ほのか》ちゃんは持ってないのかしら」

さすが田舎だ。みんな繋《つな》がっている。

篠田は大家さんの名字だから、大家夫婦のどちらかの祖母だろう。

米川は会社の事務所の所長で、穂花は主任の名前である。

「持ってるのは、所長だけなんです」

「三人しかいないんだから、みんなに持たせればいいのに。困ったものねえ、米川さんって、どうせ電話繋がらないでしょ？」

「ええ。仕事が終わったら、絶対につかまらないです」

最初はなんとかなるか、と思っていた杏一郎だが、次第になんともならないことがわかってきて、焦ってきた。

ちょっとした町ならカラオケ、ファミレス、漫画喫茶、いくらでも一晩過ごす場所がある。

ところがここはコンビニすら遥か遠くの、秘境のような田舎である。

食堂の中で寝かせてくれないかなあ、とずうずうしいことを思っていたときだ。

「ねえ、ウチに泊まってらっしゃいな。布団くらいあるし。あの人は明日まで帰ってこないし。家が古くて都会の人はいやだと思うけど、ガマンしてくれれば」

雪絵があっけらかんと言うので、杏一郎は目をぱちくりさせた。

「すみません、でも、いきなり若い男が押しかけるなんていいんでしょうか……」

言ってしまってから「あっ」と後悔した。

雪絵は、息子とか弟みたいな気持ちで言ってくれたのだろうに。

だが雪絵は、ウフフと笑ってタレ目がちな双眸を、さらに下げて見つめてきた。

「あら、それ、おばさんを襲っちゃうかもしれないってことかしら」

暗がりに、雪絵の目の下の泣きぼくろがぼんやり見える。

ドキッとするほど色っぽい表情に、思わずこくんと唾《つば》を呑む。

「お、襲うなんてっ」

「ウフフ。そういえば、お夕飯もまでしょう。ちょうどよかったわ、ひとりで食べるのも寂しかったから」

割烹着の美熟女はうれしそうに、おいでおいでをしてくれた。

3

（田舎の人妻って、ホントに無防備なんだよな……）

杏一郎は、美乃谷家の居間に入った瞬間から、それを目にしてしまい、居心地の悪さを感じていた。

縁側に、部屋干しの洗濯物が吊されているのが、ガラス越しに見える。

その中に、雪絵のブラジャーやパンティがあったのだ。

ベージュに純白の二セット。どちらも地味なデザインで普段使いの下着であろう。

（だ、だめだ、見ては……一晩お世話になるんだから……）

と思っていても、持ち主が色っぽい美熟女であるのを知っているので、どうしても興味がいってしまう。

（ああ……雪絵さん、パンティは大きめだなあ。お尻が大きいからだな。うわっ、やっぱりブラジーのカップも大きいな。雪絵さんのおっぱい、服の上からでもわかるくらいデカいし、迫力があるもんな……）

杏一郎は今年三十で妻帯者だが、女性経験は少なかった。

妻を含めて経験は三人のみなので、恥ずかしい話、かなりウブだ。

だから人妻の下着を見ただけで、股間がうずうずとしてきてしまう。

情けないが、仕方ない。

「あら、座っててていいわよ。今、お風呂を沸かすから」

背後から雪絵に声をかけられてドキッとした。

割烹着と三角巾を身につけた、いつもの食堂の女将さんの姿なのに、こうしてふたりきりになると、艶《なま》めかしく見えてしまう。

立っているのもなんだから、用意してくれた座布団に座る。

雪絵が三角巾を解いて、割烹着を脱いでいる。

おお、と杏一郎は心の中でときめいた。

とめていた黒髪がさあっとなびき、色っぽさに拍車がかかる。

それだけではない。

雪絵の割烹着の下はTシャツだから、豊かな乳房のふくらみがくっきりと浮き立っている。

（やっぱり、大きいっ）

こうして薄い布地一枚で見れば、もうスイカくらいありそうで、ちょっと動いただけでも、たゆんたゆんと揺れている。

いかん、と目をそらしていたら、雪絵は居間から出て、すぐに戻ってきた。

まだ袋に入ったままの新品の男性下着を持っている。

「これ、ウチの人の買い置きなの。杏一郎くんの方が大きそうねえ。いいかしら」

杏一郎は目を丸くした。

(俺の方が、旦那さんより大きそうってっ！　……あ、体格のことか)

「た、助かります」

言いながら、杏一郎は心の中で「落ち着け、落ち着け」と繰り返す。向こうはなんの気もないいんだぞ。こっちだけ舞いあがってもしょうがない。

案内された風呂場に行き、作業着と下着を脱いだ。

パンツを下ろすと、びんっと硬くなった怒張がバネのように飛び出してくる。

(おばさん、警戒心がなさすぎるんだよな……)

そう思いつつも、ときどき挑発的に見つめてくるような気がするので、本当のところはよくわからない。

わからないままに、杏一郎は身体を念入りに洗った。

期待しているわけではないが、少しでも汗くささを消して、いい印象を持ってもらいたいという気持ちからだった。

（しかし、おばさん、キレイだよなあ）

若作りしている感じもないのに、素材がいいんだろう。

（きっと旦那さんのことが好きなんだろうな……肌艶《はだつや》もいいし。というか、ふたりはセックスしてるんだろうか。旦那さんはずいぶん年上そうに見えるけど……ああ、おばさんっ、セックスのときにどんな表情するんだろう。いやらしい顔になるのかな）

妄想がはじまると、またチンポがビクビクした。もうガチガチである。

（くそっ、いっそのこと、ここでオナニーしちゃおうかな）

杏一郎が肉竿《にくざお》をシゴきはじめたときだった。

「パジャマ、ここに置いとくわね」

「あ、は、はいっ」

ガラス戸の向こうから雪絵の声が聞こえ、杏一郎は慌てて肉竿を握る手をパッと離した。

（や、やばっ……右手を動かしたのが、透けて見えてなかったか？）

肩越しに磨《す》りガラスを見ると、すでに雪絵の姿は消えていた。

オナニーを途中でやめ、風呂から出ると、悶々としたまま居間に戻った。

雪絵が姿を現した。

「ごはん、もうできてるけど先に食べてる？　私、ちょっと汗だくなんで、お風呂入ってるから」

「あっ、そんな。面倒じゃなければ、俺、待ってますよ」

風呂あがりの雪絵が見たかった。その雪絵と一緒にご飯が食べれるなんて、幸せすぎる。

「いいの？　じゃあ、お風呂入ってくるから待っててね。ウフフ」

そのウフフという優しい笑みが、まるで夫婦の夜のサインに思えて、ドキッとした。

目の下の泣きぼくろと、とろんとした瞳が色っぽくて仕方がない。

雪絵は寝るときに、どんな格好になるんだろう。

可愛いパジャマか、それとも、もうちょっと大胆なナイティとかだろうか。

しかし杏一郎がいるんだから、そんなキワドイ格好はしないだろう。

スマホを取り出して時計を見る。

ずいぶん長風呂に感じたが、まだ十分しか経っていない。

シンとした中に虫の音《ね》と、シャワーのかすかな音が聞こえてくる。

心臓を高鳴らせながら待っていると、ようやく「お待たせ」と言って、雪絵が居間に現れた。

（えっ？）

雪絵が着ていたのは、真っ白いワンピースのような薄いナイティだった。シルクっぽい感じで、つるんとして、胸のところはブラジャーのようなカップになっており、リボンとレースがあしらわれている。

（こ、これっ、スリップってヤツじゃないか？　初めて見るけど、エロいっ）

生地が薄くて肌が透けそうだ。杏一郎には下着にしか見えなかった。

胸のところはブラジャーみたいなカップになっているから、谷間どころか、白いふくらみ自体が、半分近く露わになっている。

それだけでも生唾もののセクシーさなのだが、うっすら胸のところに、小さなぽっちが浮いている。

（ノ、ノーブラっ……おばさん、ノーブラじゃないかっ）

歩くといつも以上におっぱいが揺れている。間違いないっ。ブラがない。

それに加えて裾《すそ》が短くて、真っ白い太ももが露出してしまっている。

若い女の子の太ももよりも、普段は絶対脚を見せない熟女の太ももの方が、艶めかしくて眩《まぶ》しかった。

こんなに短かったら、しゃがんだだけで、おばさんのパンティが見えてしまうだろう。

(ああ、際どすぎるっ。もうどこを見てもいやらしい……)

「おなかすいたでしょう?」

雪絵はしかし、こちらの緊張など気にせずに、ノーブラのスリップ一枚で近づいてきた。

黒髪は後ろでまとめていて、濡れ髪から甘いリンスの匂いがふんわりと漂ってくる。化粧は落としているはずなのに、いつもと変わらなくキレイだ。肌もつるっとしてほのかに上気している。

風呂あがりの色っぽさに、クラクラしそうだ。視線が泳いでしまって、どこを見たらいいかわからない。

居間を出て、雪絵についてダイニングに向かう。

生地が薄いから、尻の丸みがうっすらと見えている。視界からハミ出さんばかりの豊満なヒップが、歩くたびに、むにゅ、むにゅ、と左右に妖《あや》しくよじれている。

凝視していたら、勃起した。

せっかく替えのパンツをもらったというのに、先走り汁がパンツの中でちょろっと出てしまう。

（ああ、なんでこんなエッチな格好を……いや、これが普通なのかな）

雪絵にとっては家でのいつもの格好なのかもしれないが、杏一郎の目には裸同然だ。襲われたって、文句は言えないくらいのセクシーさで、誘っている格好にしか見えない。

ダイニングテーブルには、山菜の天ぷらやサラダ、それにコロッケが並んでいる。

「美味《おい》しそう」

と言いつつ、隙あらば雪絵のおっぱいや太ももを盗み見る。しっかりと目に焼きつけておきたかった。

「お酒は飲めるわよね？　瓶ビールがあるから」

言いながら、ビールとコップをふたつ持ってきた。

テーブルを挟んで座り、雪絵がビールをついでくれた。ふわっと石けんの甘い匂いがする。

（あっ……）

ビールをつぐために前のめりになっているから、わずかに白いスリップの胸元が緩んだ。小豆《あずき》色がはっきりと見えた。

（ち、乳首っ……おばさんの乳首だ）

田舎の人妻熟女は、なんという無警戒さなのか。もう押し倒したい衝動で頭がいっぱいだ。

「うん、うまいです」

美味しいのは間違いない。でも、そこまで吟味《ぎんみ》なんかできない。

頭の中が、雪絵の乳首のことでいっぱいだからだ。

「よかったわ。お口に合って。ねえ、ひとりでいるのは寂しいでしょう？」

「えっ？」

雪絵の深い谷間がアルコールでほんのり赤く染まり、色気が増している。

おっぱいだけではない。

柔和で優しげな表情がとろんととろけて、泣きぼくろのある双眸が、まるで誘っている風に見えた。

だからちゃんと聞いていなくて「ひとりでいる」が「ひとり寝」に聞こえてしまった。「ひとり寝は寂しいでしょう」だと思って、返事をしてしまった。

「大丈夫です。東京でもずっと夫婦の寝室は別だったんで……夜の生活は……」

「え？　寝室？」

雪絵が驚いた顔をした。

そのとき初めて、杏一郎は勘違いに気づいた。

「あっ！　い、いやっ……その……」

取り繕《つくろ》っていると、雪絵がクスッと笑った。

「そうなの……奥様と、夜がね……まだ若いのに、大変ねえ。持て余しちゃうんじゃないの？」

雪絵が余裕の笑みで、キワドイことを言ってきた。このへんはさすが熟女だ。経験が違う。

「い、いや……あの……」

「でもほら、少し距離が離れていると刺激になっていいんじゃないかしらね」

「そうでしょうか……」

言いながらも、そんな気はまったくしなかった。お互い心が離れているのがわかるからだ。

「そうよ。ウチとは違って若いんだから、あら、杏一郎くんっていくつだっけ？」

「今年で三十です」

ビールを呷《あお》りながら、言う。

「え、意外といってるのね。おばさん、もっと若いかと思ったわ。子ども扱いして、ごめんなさいね」

「いえ、そんなこと。うれしかったです」

いい雰囲気だ。もっと甘えさせて欲しいと言ったら、どうなるだろうか。

そのスリップ越しの胸に、昼間みたいに顔を埋めさせてほしいと……だが、もちろん杏一郎にそんな度胸はなかった。それにはあと瓶ビールが十本は必要だ。

「ねえ、訊いていいかしら」

「はい」

「昼間、どうして泣いてたのかしら」

杏一郎は少し躊躇《ちゅうちょ》した。だけど、アルコールも入って、もういいやという風になっていた。

「実は、左遷されてここに来たんです」

「左遷？　そうなの」

雪絵の顔がちょっと曇った。

「ええ。営業成績がよくなかったので。それで東京の本社から飛ばされて、ここに。ここには仕事なんかなにもありませんから、間違いなく左遷です」

「でも、いろいろ手続きとかあるんじゃないの？　あの開発って、相当大きなお仕事なんでしょう？」

「そうかもしれないですけど、それをやるのは現場の人間で、手続きなんか、ひとりかふたりいればいいんです。俺なんかいらないんですよ」

ビールを一気に呷った。頭がクラクラした。

元よりアルコールには弱かったし、久しぶりに飲んだので、酔いがまわるのが早かった。

「元気出して。仕事があるだけいいじゃないの」

雪絵が気の毒そうな顔をする。

そのときだ。

送別会の同僚たちと、雪絵の不憫《ふびん》そうな顔が重なった。

急にカアッと身体が熱くなる。

「おばさんにはわからないんですよ。三丸に入ろうと、どれだけ俺が努力したか……それに入社してからも仕事を取ろうと、自分なりに頑張ってきたのに……」

みっともなかった。なのに、口からは自己憐憫の言葉が次々と出てしまう。

気がつけば、雪絵が何も言わずに見つめていた。

杏一郎はグラスを置いた。

「すみません……つい……」

「いいのよ。おばさんがへんなこと訊いたから、ごめんね」

飲みすぎたと思い、立ちあがろうとしたときだ。

「あっ」

くらっとして、バランスを崩した。

「あら、ちょっと大丈夫？」

雪絵が慌てて駆け寄って、肩を貸してくれた。

風呂あがりの艶髪が、さあっと頬を撫でる。スリップ一枚の悩ましい女体から、石けんの匂いが鼻先をくすぐってくる。

「あんまりお酒、強くなかったのね。勧めてごめんなさいね」

杏一郎の左手を取りながら、雪絵がこちらを見た。

タレ目がちな双眸は黒目が大きく、うるうると潤んでいる。それに加えて、泣きぼくろがキュートだ。物憂《ものう》げではかない雰囲気が、男心をやけにくすぐってくる。

近い。顔が近くて、軽くアルコールを含んだ甘い呼気がかかった。至近距離で見ても、雪絵は美しくて色っぽかった。

アルコールで気が大きくなっていた。もう、とまらなかった。

「あっ、ちょっと杏一郎くんっ……キャッ！」

雪絵の肩をつかみ、無理矢理にダイニングの床に押し倒す。

スリップの胸元がゆっさと揺れたのを見て、激しく勃起した。

「ねえ、杏一郎くん、しっかりしてっ」

下になった雪絵が、心配そうな顔で呼びかけてくる。酔っ払ったと思っているらしい。もちろん酔っているのだが、まだ足を取られるほど酔い潰れてはいない。

（でもっ……お酒のせいにすれば、もしかして……）

ひどいやつだと自分でも思う。

でも、もうとまらなかった。

片手で雪絵を押さえつけながら、思いきってスリップ越しの胸のふくらみを手のひらでつかんだ。

「あんっ……ちょっと、へんなイタズラはやめてっ、やめなさいっ」

腕の中で、雪絵がいやいやした。でも抵抗は緩い。まだ酔ったはずみだと思っているのだ。

（いけるっ）

背中に手をまわして、引き寄せる。

肉感的なボディなのに腰が細くて驚いた。想像以上にいい身体をしている。

左足を、雪絵の両足の間にぐいぐいと差し入れた。

パジャマ越しに、熟女のムチムチした太ももの感触が伝わってくる。

「あっ……だめっ……」

下を見れば、スリップが腰までめくれ、太ももが剝《む》き出しになっている。それどころかベージュのパンティまで見えた。

(熟女のパンティ……エロいっ)

恥部のぬくもりが、ますます杏一郎を獣《けもの》にさせる。

「ホントにやめて。だめよ、こんなことは……」

困ったような表情も、たまらなくそそる。

抗《あらが》いを訴える赤い唇が、ぷるんと揺れている。

「お、おばさんっ……俺っ……」

顔を近づけていくと、雪絵がハッとした。

「な、なに……どうしたの、杏一郎くん。ねえ、おばさんに、何をするつもりなのっ……？」

わずかに怯えている。

ここにきてようやく、自分の身体が狙われているとわかったらしい。

「いけないわっ、こんな……んんっ……」

唇を重ねた。腕の中で雪絵の身体がピクッと動いた。

(柔らかいっ……ああ、おばさんとキスしてる……)

口と口のキスは単なるスキンシップではすまない。これで押し倒したのが本気だってわかってくれるだろう。

雪絵の唇は柔らかく、しっとり濡れている。

ビールと天ぷらの匂いが混ざった、だけど甘くて優しい呼気だ。

(どうせ……左遷されたし、夫婦関係ももうだめだし。もういいや。おばさんを、俺のものにするっ)

強い気持ちで硬くなった股間を、腰のあたりにグイグイと押しつけた。

「んんっ……」

雪絵が驚いたようにビクンッとした。

引き結んでいた唇が離れた。

今だ、と唇のあわいに舌を滑り込ませる。

「ンッ！　んんっ……」

舌を伸ばして、雪絵の口内をまさぐった。歯茎や頬粘膜を舐《な》め、温かな唾液を啜った。ほんのりしょっぱい唾液の味に、ますます興奮が高まる。

角度を変えてキスを続けていると、苦しいのか、奥に逃げていた舌が出てきた。チャンスだとばかりに、舌と舌をもつれ合わせて、雪絵とディープなキスに興じる。

「はあっ……んんっ……んっ……んっ……」

雪絵が切れ切れに漏らす吐息と、ねちゃ、ねちゃっ、と唾液のからみ合う音が、淫《いん》靡《び》な響きで耳に届く。

（ああ、こんなキレイなおばさんとベロチューしてるっ。ぬるぬるして温かくて……唾液を舐め合って……くうう、気持ちよすぎる）

そうしながら、メロンのような大きなふくらみをつかんで、ギュッと揉んだ。

「ンンッ！　ああっ、おっぱい揉まないでっ。も、もうやめてっ……だめよっ……こんなこと、だめっ、ああっ」

キスをほどいた雪絵が、つらそうな顔をして非難してくる。

だが身体は、強引に襲われているというのになすがままだ。

（あれ？　どうしてっ？　いやがってるんじゃないのか……）

杏一郎は雪絵のスリップの肩紐をずらした。

スリップのブラカップがあっけなく緩み、ぷるんっ、とうなるように白いおっぱいが露わになる。

わずかに垂れてはいるが、それでも下乳がしっかりと丸みを帯びていて、張りがあった。乳首は小豆色で、乳輪が大きい。

「ああ、いやらしい、おっぱい……」

鼻息荒く言うと、美熟女は恥じらい顔を見せる。

「あんっ、そんな……だらしないおっぱいでしょ。恥ずかしいわ、昔はもっと張りがあって、ツンと上向いていたのよ……あん、だめよ、あんまり見ないでっ」

汗ばんだ匂いが、石けんに混じって漂ってくる。

恥ずかしそうに目の下を赤らめているのが可愛らしくて、汗をかくほど緊張しているのがわかる。

しかしだ。

やはり、いやがっていない。

「どうしてっ」

杏一郎は叫び、ギュッと乳房を握った。

「くううっ……！」

雪絵が悲痛な叫びを漏らして、のけぞった。

それでもまだいやがらず、痛みに耐えるようにギュッと目をつむって、下唇を噛《か》みしめている。

「おばさんっ……どうして？　なんで抵抗しないんだよ。俺に犯されてもいいの？　おばさんの身体、これから俺の好きにようにされちゃうんだよ」

もっと強くナマの乳房を握った。

柔らかいマシュマロが、指と指の間から押し出されそうなくらい、強く揉んだ。手のひらでは到底包み込めないほどの豊かなバストを、なんどもギュッ、ギュッと揉みしだく。

「くっ……ううっ……」

目をつむったまま、雪絵がつらそうに眉をたわめた。その表情がまるで、《ガマンしてあげる。あなたのために……》
そんな風に書いてあるみたいで、杏一郎はムッとした。

「どうしてっ」

すると、雪絵はうっすらと目を開けて、ウフフと微笑んだ。

4

「だって……驚いちゃったけど……あなたが本気なら……いいのよ。こんなおばさんの身体でいいのなら……奥さんの代わりに、気のすむまで抱いていいのよ……」

言われて、気が抜けた。

杏一郎の中から、酔いにまかせた獣性がすっと消えていく。

「そんな、同情なんかいらないです……」

「違うわよ。こんなおばさんの身体で興奮してくれるなんて……ホントに、うれしいのよ。私のこと女として意識してくれてるんでしょう？　オチンチンをこんなに硬くして」

雪絵が手を下げて、パジャマ越しに硬くなったふくらみを撫でてきた。

「……ッ！」

竿の硬さや形をたしかめるような、いやらしい手つきに腰が震える。

すりすりと股間を撫でさすられると、さらに硬さが増して、ペニスの芯がジクジクと疼いてしまう。

「すごいわ……私を犯したいって……昼間のあなたの視線は、気のせいじゃなかったのね。Tシャツの中を覗き込んだり、お尻を見つめていたり……ねえ、ホントにこんな、おばさんなんかでいいの？」

やわやわと肉茎が握られ、揉み込まれる。

「くうう……き、気持ちいいっ……いやなんかじゃありません。むしろ……くあああっ」

だらしない顔をしていたのだろう。雪絵がクスッと笑った。

「うれしいわ。私の手で感じてくれて……」

杏一郎を見つめる目が潤んでいる。泣きぼくろがセクシーで、顔を見つめているだけで、心臓がドクドクと脈を打つ。

雪絵が両手を伸ばし、杏一の背に手をまわしながら顔を近づけてくる。

「お、おばさん……んむっ」

「ん……ンフッ……ンン……んちゅ」

雪絵が悩ましく鼻息を漏らしながら、唇を押しつけて舌を入れてくる。

いきなりの向こうからのベロチューに、ゾクゾクとする。

今度はしっかりと意識して、雪絵のキスを味わった。

（おばさんの舌が、いやらしく俺の口内をまさぐってる。こんな濃厚な口づけ、初めてだ……）

口の中がとろけていくようだった。

熱く、そして唾がねっとりして、妙に甘く感じる。

意識がぼうっとして、うっとり目をつむると、ちゅぽっ、と音を立てて雪絵が唇を離した。

「杏一郎くんも舌を出して……いやじゃなかったら、おばさんとエッチなキス、もっとしない？　今度は私からもさせて」

とろんとした目で見つめられて、甘い声で囁かれた。

四十歳のキュートな熟女に、完全にノックアウトされた。言われるままに舌を伸ばすと、雪絵の舌がからみついてくる。

「……んうう っ……んぶっ……んちゅっ……あんっ、舌の使い方、上手よっ……気持ちよくなっちゃう……んちゅっ……」

肉感的な唇に何度も口を塞がれ、唾液でねとついた舌で、ねちゃねちゃと口の中をたっぷりと舐められる。

（おばさんの唾……やっぱり美味しい……なんでこんなに甘いんだろ……）

杏一郎も劣情に任せて、舌で雪絵の口の中をまさぐっていく。

「んふっ……ンンッ……」

すると興奮しているのか、雪絵の呼気が荒くなり、唇をすぼめて舌を吸いあげてきた。

（ああ……苦しいけどっ……気持ちいい……）

目をつむって、ハアハアと荒い息をこぼしながら、ちゅくちゅくと唾液の糸がしたたるほどに、濃厚な口づけにふける。

その間にも、雪絵の手が股間をいやらしくこすってくる。

いかにも経験あるといった手つきに、びくっ、びくっと腰が動く。

勃起はギンギンで、もう苦しくてたまらないくらいだ。

「んぷっ……オチンチン触る手、強すぎたかしら。ごめんね、おばさん夢中でこんなにいやらしいことしちゃって……」

雪絵がキスをほどき、濡れた瞳で見つめてくる。

杏一郎は首を横に振った。

「そんなこと……俺、すごく気持ちよくてっ……こんなキスも、手コキも初めてで」

「ウフフ、そんなこと言ったら、もっといやらしいことしちゃうわよ」

「い、いやらしいこと……」

杏一郎はドキッとした。

これ以上いやらしいことをされる……その期待に、ますますチンポは硬く漲《みなぎ》りを増して、パンツに中に先走りの汁を垂れこぼす。

「……してもらっても、いいんですか」

「ウフッ。いいわよ。杏一郎くんが望むなら……好きなだけしてあげる」

雪絵は口角をあげ、瞼《まぶた》の半分落ちた色っぽいタレ目で見つめてくる。

紅潮した頬がなんとも色っぽく、唇を近づけてきて目を閉じた表情は、うっとりとしていて妖艶《ようえん》だった。

抱きしめられながら、唇を押しつけられて舌を吸われた。

雪絵の舌で弄《もてあそ》ばれると身体の力が抜けてくる。

(こんなに口の中を舐め合うなんて、洋子《ようこ》ともしたことないよ)

五年前、つき合ったばかりの頃の妻とですら、ここまでいやらしいキスはしたことがなかった。

(もうガマンできない……)

杏一郎は少し身体を離して、キスしたまま、押し倒していた雪絵のおっぱいをつかんだ。

「ンンッ……」

雪絵はくぐもった声を漏らし、口づけをとく。

「ウフフ。今度はさっきみたく痛くしないでね。いやじゃなければ、私のおっぱい、イタズラしていいのよ、すごく恥ずかしいけど……」

「いやなんて……ずっと見ていたいくらいです。こんなに大きいおっぱい、見るのは初めてで……」

「やだっ、触ってもいいけど、そんなにじろじろ見ないでよ」

熟女は恥じらい、手で隠そうとする。

すねた顔がまるで少女のように可愛らしい。

その手をつかんで外しながら、豊かな白い半球に顔を近づける。

とにかくデカい。おそらくFとかGカップくらいだろう。

仰向《あおむ》けだから、左右に少し垂れ気味ではあるが、その分しっとりモチモチして、柔らかく熟しきっている。

小豆色にくすんだ乳輪が年齢を感じさせるものの、若い女にはない、いやらしさがある。震えるほど魅力的だ。

「おっぱい好きなのね。いいわよ、おばさんのでよければ……」

慈愛に満ちた微笑みに導かれるまま、こんどはじっくりと指を開いて、乳肉を揉みしだいた。指が沈み込んでいくが、一方で弾《はじ》くような弾力がある。

手に余る肉の房を、下からすくうように揉む。

乳首がムクムクと尖《とが》りを増して、せり出してくる。

その先端の突起にチュッと唇をつけてから、口に含んでチューッと吸うと、

「ああああん……」

雪絵が声をあげて、顔をぐっとのけぞらせる。

（おおっ、おばさん、感じている……）

乳首を吸いながら、上目遣いに雪絵を見た。

瞼を閉じ、わずかに眉をハの字にして震えている。その横顔に、「おっぱいを他の男に吸わせてごめんなさい、あなた」と書いてあるみたいだった。

おそらく、旦那以外の男に身体を許すのは初めてなのだろう。

（大胆なわりに、経験した人数はそれほどでもないような……）

これほど美人なのに自信がなさそうだったり、いい身体をしているのにあんまり見せたくなさそうだったり……。きっと田舎の人だから、こんなにキレイなのにひかえ

めなんだろう。

（ああ、おばさん……旦那さんに見せない顔を見せて欲しい……）

でも、おそらく田舎妻が中に秘めた性欲は大きいはずだ。

杏一郎は巨乳をじっくりと揉みしだき、乳頭部を舌でねろねろと刺激する。

あめ玉みたいに乳首を舐めしゃぶり、チュッ、チュッと吸い立てれば、

「ああっ……」

雪絵は声を押し殺したように、恥ずかしそうに顔を振る。

だが舌全体で、ねろん、ねろんと丹念に味わうように舐めていけば、次第に口中で雪絵の乳首はムクムクと尖りを増して、

「ンンッ……あーッ……あっ……はあっ……いやんっ……やあああァァ……」

ついには、雪絵は上体をのけぞらせ、杏一郎の頭をつかんでギュッとしてくる。

（おばさん……感じているっ、女の人って、感じてくると、こんなにも乱れてくるのか……）

杏一郎は舌を横揺れさせ、さらにヂュルッと力強く吸引する。

「あうっ、はうう……」

腰がビクッ、ビクッと震えはじめ、甘ったるい女の匂いに、濃い芳香が混ざる。

女が発情してきた匂いだ。

経験が少ない杏一郎だが、さすがにそれくらいの気配はわかる。

（これは、かなり感じているってことだぞ……）

「あんっ……杏一郎くんっ……いいの……すごい……あんっ、吸って……もっと吸っていいのよ……」

ようしと思い、もっと強烈に舐めた。

さらには、軽く歯で甘噛みまでしてみせた。

「あんっ！　そんなのダメッ……っ、おっぱいを……噛むなんてっ、ダメッ……ああんっ、ダメッ……」

だめと言われて、少し躊躇した。

だが、だめと言いつつも、スリップが大きくめくれてベージュのパンティが見えるほど、下半身をよじらせた。

（ああ、噛んでるのも感じるんだな……）

表情を見れば、眉を折り曲げ、つらそうで今にも泣き出しそうだ。

目尻に泣きぼくろのある、とろんとした目がウルウルして、美熟女が昂《たか》ぶっているのがはっきりわかる。

もっとだ。

もっと感じさせたいと乳首をつまんだときだ。

雪絵は口角をあげて見つめながら、右手でパジャマの上からいきり勃《た》つものをキュッとつかんできた。

5

「うぐっ……！」

ビンビンに勃起したものを強くつかまれて、杏一郎は思わず腰を引いた。

美熟女のあられもない痴態を見せつけられて、もう限界まで硬くなっていたのだ。

快楽の電流が背筋を走り、勃起の芯がジーンと疼く。

「うふっ。気持ちよさそうな目をして……私ばっかり気持ちよくさせてもらうのも悪いわ……いやらしいことしてあげる。あなたが横になって……」

ダイニングの床はさすがに痛いので、ふたりで畳の居間に向かう。

雪絵は杏一郎を畳の上に寝かせて、その上に覆い被さった。

「ウフフ……可愛いのね。あんまり上手じゃないと思うけど……いいかしら？　もう少し、脚を開いて……」

言われるままに脚を開くと、雪絵は開いた脚の間に四つん這いになり、パジャマの上端から手を滑り込ませて、ブリーフ越しのふくらみを撫でてきた。

「ああっ……おばさん……」

しなやかな指でもたらされる愉悦《ゆえつ》に、腰がヒクヒク震える。

「あんっ、手の中でピクピクしてる。ねえ……ちょっとお尻を浮かせて」

言われるままに腰を浮かすと、雪絵の手がパジャマの下とブリーフを一緒くたにして、ずるっと下げてくる。

勃起が、バネみたいにビンッとそそり勃つ。

いきなりペニスを丸出しにされて、杏一郎は狼狽《うろた》えた。

「あんっ、オチンチン、すごいのね。先っぽがヌルヌルして、こんなに興奮してくれたのね……」

まるで大きすぎると言わんばかりに、目を細めてハアッとため息をつく。

明るいところで勃起をまじまじと見られるのは、かなりつらい。

「は、恥ずかしいです。そんなに見ないでください……」

「なあに、あなたは私のおっぱい、じろじろ見たでしょう？　それなのに、こんな立派なオチンチン、見ないでなんて……」

タレ目がちな双眸を細めて、大きなおっぱいを揺らしながら、雪絵が指で尿道口をくりくりっといじくってくる。

「く、くうぅ……ま、待って……」

一番敏感な部分に触れられて、腰の奥がズキッと疼く。

雪絵はその反応を楽しむように、分泌したガマン汁を肉棒全体に引き延ばして、ゆるゆるとシゴいてくる。

「ちょっと触っただけで、いやらしいオツユを出して……」

うっとりとした目になって、そう言いながら、根元を重点的にキュッとこする。

絶妙なタッチで、背筋がぞわぞわする。

杏一郎は畳を指で引っかきながら、腰を浮かせて唇を噛んだ。

下半身がとろけるようで、それでいて尿道がジクジクと熱く疼いていく。

(ああ……気持ちよすぎる……)

「くうっ……ううう……」

ぶるぶると震えながら、喘ぐことしかできない。

雪絵は笑みを漏らし、肉竿を握りながらずりずりと上体をあげてくる。

そして、おっぱいを押しつけるようにしながら、杏一郎のパジャマをはだけさせて、乳首を舌で舐めてきた。

「あうっ……」

くすぐったいような、ぞわっとした感覚に全身が粟立《あわだ》つ。

ちろちろとよく動く舌で舐められながら、肉竿の表皮を刺激されると、甘い射精の予感が、チンポの根元に生じてくる。

「あああ、だめですっ……出ちゃいそう……」

こんなに早く射精したくない。

杏一郎は自然に腰をつきあげながらも、お尻の穴に力を入れてキュッと閉めた。

雪絵が美貌を下に向ける。

「いいのよ……。好きなときにイッて欲しいの。ウフフ、奥さんの代わりって言ったでしょう？　気持ちよくなってくれたら、おばさん、うれしいのよ……」

「で、でも……わあああ……」

雪絵の顔が股間に近づいて、口の中にペニスが包まれた。

信じられなかった。

妻はフェラチオをしてくれなかったからだ。

ずいぶん久し振りの快感に、杏一郎は目を白黒させて、大きくのけぞった。

温かい粘膜に根元まで頬張られて、ペニスがとろけそうだ。

「お、おばさんっ……ああ、俺の……洗ってないチンポを口の中に……」

声をあげると、雪絵が見つめてくる。

雪絵は眉間にシワを寄せて、苦悶の表情をしながらも大きく口を開けて、男の性器を舐めしゃぶっている。

自分の汚れた男根が、美熟女の口に出たり入ったりしている。

まるで彼女を従わせたような征服感に酔いしれ、ますますチンポがひりついた。

「ううぅん……」

雪絵は悩ましい声をあげ、肉茎から唇を離す。

「口の中でビクビクして……気持ちよかったの？」

「あ、ええ……フェラチオって久し振りで……」

「えっ、そうなの？　……その……そういうの、奥さんはしてくれないの？　そういうことするのダメな人？」

「ダメな人みたいです。頼んだこともあるんですけど、本気でいやがられちゃいました」

「そう……ウフフ、じゃあ私はあなたにとったらすごいエッチな奥さんね。ねえ……杏一郎くん、私のお口、いやじゃないわよね？」

訊かれて、杏一郎は顔をぶんぶんと振った。

「まさか……いやなんて、こんな気持ちいいこと……チンポがとろけそうで、今にも射精しそうで……」

「ウフフ……私もあんまりしたことないけど……どうしてかしらねえ、したくなっちゃうのよ。あなたが可愛いからいじめたくなるのかしら……」

言いながら、また咥《くわ》え込んで、今度はもっと大きく顔を上下にストロークする。

「んっ、んっ……んぐっ……んじゅぷっ……」

唾液の音と、雪絵の鼻にかかったくぐもった声が混じる。

「うあっ……だ、だめっ……」

ペニスの奥の方がじんわり熱くなり、根元のぞわぞわが大きくなってくる。

どうしたらいいかわからない。

雪絵はしゃぶりながら、杏一郎の顔を覗いてくる。

泣きぼくろの妖艶な美貌が、うっとり優しく微笑み……。

「ウフフ、初々《ういうい》しい反応で、じーんとするわ……もっといっぱいしてあげる」

ちゅるっ、と切っ先を口から離した雪絵は、亀頭を握って上を向かせたまま、その裏側を舌全体でねろーっと舐めてきた。

「うう、そ、それ……くううう……」

柔らかい舌が、ぞわぞわする部分をくすぐってくる。

たまらなく、猛烈な射精欲がこみあがってきた。もう下腹部の震えがとまらなくなっている。

雪絵は陰嚢まで舌を這わし、それからカリ首まで丁寧に舐める。

そうしてからいったん舌舐めをやめ、おもむろにO字に開けた口で大きく頰張ってきた。

「んっ……んふっ……んん、じゅるっ……じゅるる……」

(な、なんてチンポの吸い方だよ……いやらしすぎっ)

一気に快感がふくれ、脊髄にまで、ぞわぞわが生じた。

チンポの先が熱くなってくる。

「うあっ、だめっ……で、出る……おばさん、出ちゃいますっ!」

「むふっ?」

雪絵は咥えながら、ちらっと杏一郎を見る。

しかし、そのまま再び咥え込み、じゅぽっ、じゅぽっといやらしい唾液の音を立てながら舐めシゴいてくる。

（射精させる気だ……でもっ、このままじゃ……あのどろっとした精液を……あんなもの……おばさんの口になんか出せない……）

杏一郎は震えながらも雪絵の肩をつかみ、勃起を口から抜こうとする。

しかしだ。

雪絵の方は空いていた片方の手を、杏一郎の腰にまわして、しっかりとしがみついて肉棒を離さない。

「くうう……だ、だめですっ。ホントに出る……」

ひりつく腰をブルブル震わせながら、上体を起こして雪絵を見る。

彼女は根元を握り、

「んっ……んっ……んんっ……」

と、小刻みにストロークする。ぷっくりした唇がしぼられて、甘く表皮を滑って刺激が強くなる。

（来るっ、来るっ……あううう……）

来たっ……。

魂が抜けるほどの陶酔感。

杏一郎は腰を突き出し、大きくのけぞった。

(うわあああ……)

いつも以上の腰の痺れに、下半身がとけたのかと思った。

どくっ、どくっ、どくっ……。

確実にチンポの先から、大量のザーメンが放たれた感覚。

「んんっ……」

雪絵がつらそうに眉根をくもらせ、顔を打ち振るのをやめて、咥えたままブルッと震えた。

(ああ……ホントに出しちゃった……この高揚感すごすぎる……ああ、ヤバい量が……まだ出ちゃってる)

びゅるる、と音がしそうなほどたっぷりと注いだ。

「んん……んんう……んぐ、んぐ……」

雪絵の唇はしっかりと勃起を咥えている。

苦しそうな声と表情に、杏一郎は嗜虐の快楽を覚えた。

(こんな美人のおばさんの口の中に、俺のザーメンを注いでるっ……気持ちよすぎる……腰がとろけて動けないっ……）

ようやくリビドーがやんだ。

おそろしいほどの気だるさに包まれながら、申しわけないと勃起を口から抜こうとしたときだった。

だが、雪絵は腰をつかんでさらに吸いあげてきた。

「ああ、お、おばさんっ」

咥えられたまま、ちろちろと舌で鈴口をくすぐられて、腰をもじつかせる。

（す、すごいっ……）

わずかなザーメンの残滓《ざんし》まで、搾《しぼ》り出されていく。

雪絵がようやく口を引いた。

頬がふくらんで、口端から精子がどろっと垂れた。

「ごめんなさいっ、出してしまって……」

杏一郎は居間を見渡し、ティッシュを探す。

だが、雪絵はパジャマの裾をつかんで、「ううん」と首を振ると、タレ目がちな双眸をキュッと閉じて、ごくんと喉を動かした。

「え……飲んだ……の、飲んだんですか、俺の出したザーメンを……？」

呆気にとられて訊くと、雪絵は恥ずかしそうにはにかみ、ウフフと笑う。

「いっぱい出したのね。お腹の中、たくさん熱いのが入っちゃった。あふん、すごい濃いのね、喉につまっちゃって、噎《む》せそうになったわ……」

しかし雪絵は嫌そうな顔はしない。目の下をぼうっと染め、うるうると瞳が潤んでいる。

雪絵の妖しい母性を見せつけられて、出したばかりだというのに、鎌首がムクムクともたげてきてしまうのだった。

第二章　人妻たちの淫らご奉仕

1

リーンリーン……。
チチチチチ……。
家の中にいても、はっきりと外の虫の声が聞こえてくる。
心地よい音を耳にしながら、杏一郎は口を開く。
「あの……これで終わりですか……?」
杏一郎が仰向けのままで、下からすがるように言う。
雪絵は杏一郎の股間を見つめて、ハッと驚いた顔をする。
「ええっ……?　今出したばかりじゃないの。ウフッ……ああん、ホントに溜まっていたのね。そうよねえ、こんな田舎じゃ、そういう場所もないし……」

雪絵が困った顔をする。

そういう場所というのは、風俗のことだろう。

少し萎《な》えていたが、力を入れれば硬くなっていくのがわかる。

魅力的な美熟女を前にしては、射精後の賢者タイムなんてまったく関係なくて、ただもう彼女とひとつになりたくてたまらなかった。

杏一郎は自らを奮い立たせ、スリップ姿の雪絵を抱きしめ、くるっと反転させて畳の上に押し倒す。

「あっ……」

雪絵が戸惑った顔をする。

もちろん口でしてもらったのは夢のようだ。

彼女の言う「いやらしいこと」をたっぷりしてもらえた。最高に気持ちのよい放出だった。

だけど。

だけども……ここまできたら、挿入したかった。

美しい四十歳の田舎妻とヤリたかった……。

杏一郎は雪絵を見つめる。目の下がピンクに上気し、泣きぼくろのある目が、うるうると見つめている。

ふたりとももう汗まみれだ。

ムンムンとした熱気と汗、そして精液、さらに発情したようなツンとした匂いもふたりの間に漂っている。アラフォーの濃厚な色香にクラクラする。

(言え……言うんだ)

欲望を奮い立たせて、雪絵を真っ直ぐに見つめる。

「俺……おばさんと最後までしたい……雪絵さんの全部を知りたいです。ひとつになって……それで、お、おばさんの中に、出したい……」

「え……な、中に……私の中に……？」

切実な目をして訴えてきた年下男に、雪絵は戸惑う。

スリップがはだけ、乳房を手で隠した雪絵は顔を横にそむけて、じっと考えているようだった。

「あの……好きなようにしていいって……妻の代わりになるって」

「……言ったわよ、確かに言ったわ。好きなようにしてもいいって……でも……ああん、最後までって……どうしたらいいのかしら……私、そこまでの覚悟はまだ……」

雪絵はつらそうな目で見つめてくる。

おそらく旦那を裏切れないと思っているのだろう。

だけど、女としての欲望と快楽への渇望で、雪絵の心は揺れ動いている。軽く酔っているのも、免罪になるのでは。

（いけ、もっと自分から押すんだ……）

アルコールも入っているから、普段より気が強くなっている。さっきレイプまがいに押し倒しても、雪絵はいやがらなかった。

（きっと本心では……抱かれてもいいと思っている……）

もう本能がとまらなかった。

杏一郎は手を下ろしていき、すべすべのスリップ越しに、ほっそりした腰や尻を撫でつける。

太ももにまで手を伸ばすと、ムッチリした弾力が手のひらに伝わってくる。

「あんっ、待って……」

雪絵は太ももをギュッと閉じる。

だがもう待てない。杏一郎はスリップの裾をたくしあげ、左右の太ももの奥へと一気に手を潜り込ませる。

「あっ……」

するとと、雪絵がいやいやするように顔を振り、太ももを締めてくる。

その圧迫に負けじと指を動かし、パンティのクロッチに触れる。湿ったような感触があって、杏一郎はハッとした。

「いやっ……！」

美熟女は腰を動かして、逃れようとする。

杏一郎はその腰を右手でつかみつつ、片足を左手でつかんで広げさせて、もう一度、指で基底部に触れる。ベージュのパンティはしっとりぬかるみ、指がワレ目に沿って柔らかな恥肉に沈み込んでいく。

「うっ……ううんっ……」

雪絵が悩ましい声をあげて、腰をよじらせた。

「ああ……おばさん、濡れてる……」

思わず口にしてしまうと、雪絵はつらそうに眉根を寄せて、否定するかのように顔を横に振った。

だが、このパンティの湿り気は間違いなかった。

クロッチの中心部を指でさすればさするほどに、じわっとシミが色濃く浮き出て、強い匂いがムンと鼻先を刺激する。

雪絵は拒みながらも、あそこをしっかりと濡らしているのだ。

間違いない。

触れられて感じたのか、それとも男の勃起を舐めたから興奮したのか……。

わからないが、男を受け入れる準備をしてくれている。

杏一郎は興奮し、はだけたスリップ姿の熟女を抱き、さらにしつこくパンティ越しに柔肉を指でなぞる。

「あっ……あっ……ううんっ……」

声はしだいに悩ましい媚態を含み、汗ばんでしっとりした肌と、内側からの潤みを際立たせるパンティに、心を奪われていく。

杏一郎は無理矢理に雪絵の脚を大きく開かせて、恥部を見つめた。

「いやっ……いやっ……」

口では拒みつつ、腰はもっとというようにせりあがっている。

雪絵は、それが恥ずかしいとばかりに顔を横にそむけた。

杏一郎は彼女のぼうっとしたとろけ顔を見つめながら、もっと乱れた顔を見せて欲しいとばかりに、パンティの上から基底部を強くなぞる。

「んっ……んっ……だめっ……ああっ……許して……」

雪絵はそむけた顔を戻してきて、正面からつらそうな表情で見あげてくる。

泣きぼくろの目が、切なげに細められている。

「色っぽいですっ……たまりません、おばさんの表情……」

「ああん、だって……」

熟女の恥じらいを見て、チンポを熱くしながら、思いきり揺れる乳房にむしゃぶりつく。

「あううっ……！」

ビクッと震えた雪絵が、白い喉をさらけ出すほどのけぞった。

熱く火照《ほて》ったパンティのクロッチを指腹でなぞり、同時に乳首を口に含んで、ねろねろと舌であやす。

「ん……んんッ……」

雪絵は必死にこらえているものの、蜜はどんどんあふれて、パンティを湿らせていく。

指でいじれば、ねちねちという粘着音が響く。

同時に口に含んだ乳首は、カチカチに固まって肥大化する。

汗がぽたぽた垂れるのも気にせず、愛撫を続ければ、

「ぁああ……！　そんな、そんなのだめッ……ンンッ……」

熟女はくしゃくしゃにした美貌を、何度も横に振る。

さらにしつこく、濡れたパンティを指で縦にこすると、

「んっ……んんっ……も、もう……ああんっ……許してっ、おばさん……ああっ、だめになるッ……」

感じているのだろう、伸ばされた足の踵《かかと》が、畳をずりっ、ずりっとこすっている。

「あああッ……はああん……あんっ……ンンン……」

切なげな喘ぎ声が漏れそうになるのを、雪絵は必死に手で覆って、何度も顎をせりあげる。

「ああ……おばさん、俺、俺……」

欲望が爆《は》ぜそうだった。肉竿は臍《へそ》につくほどそそり勃《た》ち、どくどくとカウパー液を噴きこぼしている。

雪絵の全身は桜色に上気し、体温が熱く、肌はしっとり濡れている。

「おばさんの全部が見たい……おばさんの中に入れたい……一度だけ、一回だけでいいから、ひとつになって、中に……出したいです……」

もう泣きそうなほどの哀願を続ける。

するとようやく、雪絵は慈愛の笑みを見せた。

「……いいわ……続きは、お布団の上で……」

2

廊下の突き当たりが夫婦の寝室で、雪絵は押し入れから布団を一組出して、畳の六畳間に敷いた。

電気は消したままだが、月明かりが窓から差し込んでいる。

雪絵は顔を紅潮させつつ、うしろめたさのようなものを表情ににじませている。

《ああ、ついに一線を越えてしまうのね……》

瞼を伏せたつらそうな顔が、そんな風に物語っている。

夫のある身である人妻が、快楽に抗えずに他の男に貫かれる……。

もちろんいけないことだが、その禁忌《きんき》が余計に興奮を煽ってくる。

雪絵が顔を振った。

さらさらの絹のような髪が、ふわあっと乱れて、あたりに甘い匂いが漂う。

そして、雪絵は腰のあたりに貼りついていたスリップを、ゆっくり足元に落とし、パンティ一枚の姿で、恥ずかしそうに立っている。

(ああ……やっぱりすごいな……)

おっぱいの大きさは何度見ても目を見張る。

腰はくびれているが、全身は脂《あぶら》が乗りきってムッチリと柔らかそうだ。細いだけの今どきの若い子より、何倍も魅力的である。

成熟した臀部の肉づきのよさも素晴らしい。

そして、雪絵はパンティに手をかけ、前屈みになって丸めながら下ろしていく。

(ぜ、全裸になるのか……そりゃそうだよな)

美熟女の濃厚なストリップに目を奪われていると、

「やだ……あなたも脱いで……」

杏一郎はハッとした。

慌てて借りていたパジャマを脱ぎ、足首にからまっていたパンツも足首から抜いて、全裸になる。

雪絵もパンティを丁寧に脱いで、スリップの下に隠した。

さらに恥じらい顔のまま、敷かれた布団に潜り込む。杏一郎もそれに続く。

布団をめくったときに、石けんと甘い体臭、濃い汗の匂いが混じった香りを感じながら、ムチッとした雪絵の身体を抱きしめる。

（ああ、脱いだら、もっともっちりして……肌もすべすべだ）

杏一郎は雪絵の身体をまさぐる。

肩から背中から、さらには乳房を揉みしだき、そして腰から下に向かって、手を滑らせていく。

「あっ……んんっ……ああ……」

雪絵が困ったように目を細めながら、しがみついてくる。

杏一郎は抱きしめながら、髪をかきあげて、耳にキスをしながらおっぱいを揉みしだく。形をひしゃげるほどに揉み込みつつ、濡れた唇を奪っていく。

「んふっ……んふぅ……むちゅ……んぅん……ちゅう……んんっ……」

喘ぐように熟女の息づかいが荒くなり、舌をからませてくる。

杏一郎もそれに答えて、舌をもつれさせて、ねちゃ、ねちゃ、と唾液の音を立たせれば、もう一刻も早く雪絵の中に入りたくなってきてしまった。

「あっ……はあん……杏一郎くんっ……そんなに、いじっちゃ、はあっ……ああっ！」

キスをほどいた雪絵は眉間に生々しい縦ジワを刻み、息を荒げながら、ますます甲《かん》高《だか》い、色っぽい声をスタッカートさせる。

舌を出して、乳首を舐めれば、すがるように手をつかんできて、

「はあ、ああん……うぅん……」

目を閉じて、細眉を折り曲げた美熟女が、唇を半開きにしたまま身悶える。

そうして感じながらも、指がいきり勃ちを握ってくる。

（ああ……このいやらしいところが、成熟した大人の女って感じだ……）

その感じている顔や、熟れきったおっぱいやアソコも、いやなによりもフルヌードをしっかり目に焼きつけたくなり、杏一郎は思いきって掛け布団をはいで、脚で蹴り飛ばした。

「ああ……」

隠す物がなくなり、生まれたままの姿を露わにされた雪絵が、恥じらうように声をあげる。

「ああっ、キレイです」

何度見ても熟女の身体はいやらしかった。

杏一郎はねっとりと身体をこすりつけつつ、すべてが欲しいと、チュッ、チュと首

筋やデコルテに口づけし、ねろねろと舌で舐め尽くす。

「はああん……あんっ……あっ……あんんっ……」

雪絵は甲高い声を漏らし、しどけなく腰を震わせながら、あられもなく足を開いていく。

(欲しがってる……)

杏一郎は豊かな尻を撫でまわしながら、いよいよ濃いめの恥毛をかき分けて、秘園に指を這わせていく。

「あっ……!」

びくっと雪絵が顔をのけぞらせた。

温かな蜜があふれて、指を濡らす。

「あ、あんっ……そこ、だ、だめっ……」

雪絵が杏一郎の右手をギュッとつかんできた。

今にも泣き出しそうな顔で、いやいやしている。

だが軽く触れただけで、雪絵のおまんこはぬるぬるしているとわかった。

(ものすごく濡れてる……それを見られたくないんだな)

杏一郎はずりずりと身体を下ろしていき、雪絵の開ききった太もものつけ根に顔を近づけていく。

「ああんっ……だめっ……だめよう……ンッ……」

雪絵は上体を起こそうとする。

それに気づいた杏一郎は、雪絵のムッチリした太ももの裏を持ち、大きく開脚させたまま押さえつけた。

「あああっ……！」

雪絵が戸惑いの声をあげ、首を振った。

すごい光景だった。

M字開脚によって、熟女の恥部が丸出しになっている。

(やっぱり熟れた人妻は、いい。おまんこの色素がくすんでいて……これぞ、人の妻って感じで、い、いやらしいっ……)

土手厚で、肉ビラはかなり大きめだった。

中は赤くなっていて物欲しそうに蠢《うごめ》き、透明な蜜でぬらぬらと照り輝いている。

杏一郎は太ももを押さえつけて、女の亀裂を舐めあげる。

「ああんっ……それ、だめっ……やっ、ンッ、んっ……！」

舌を這わせた瞬間に、雪絵の細顎があがった。

（し、しょっぱい……ツンとする味だ……匂いも強いし……でも、すごく興奮するっ）

もっと舌を伸ばし、ねろねろと舐める。

舌先にぬるぬるした愛液がまとわりつき、

「ああ……はああ……はあああ……」

雪絵が目を細めてハアハアと喘ぎまくっている。泣きぼくろのとろんとした目が潤みきって、今にも泣いてしまいそうだ。

「おばさん……こんなに濡らしてくれるなんて……」

感じた声を聞きたいと、さらに上部の小さな豆も舌でねぶった。

「ひゃあっ……それだめっ……ゆ、許して……おばさん、そこはだめなのッ……お願い……ああんっ……」

弱いと聞いたなら、もう責めるしかない。

クリトリスを、舌をすぼめてつつくと、雪絵はいっそう背をキツくそらして、両手でシーツを握りしめる。

（ああ、すごい感じてる！）

十も年上の、経験ある人妻を感じさせていることがうれしくて、さらにちろちろと肉芽を舌でなぞる。

「はあっ……！　ああんっ……ダメッ……ああっ……」

と、雪絵はもうどうにもならないとばかりにシーツをつかんで腰を浮かした。

繊毛に鼻がつくほど舌を奥まで差し入れると、磯の香りがぷんと強くなり、ピンクの媚肉がしっとり潤み、蜜がいっそうあふれてくる。

3

（すごい反応だ……最高の身体じゃないか……）

つたない愛撫で、おっぱいやおまんこをいじるたびに、ビクン、ビクンと可愛らしい反応を見せる熟女に、杏一郎はもうめろめろになってしまっている。

（入れたいっ……もう入れたいっ……）

そう思ったときだ。

「あああ！　も、もうっ……もうっ……お願いっ……おばさんの中に、お願い、アレを入れてっ」

雪絵が泣き叫んだ。

全身が上気して汗でぬかるんでいる。

杏一郎も同じだ。汗をかいて、ぐっしょり濡れている。

ふたりともが欲しがっていた。

気持ちがひとつになれた。

雪絵を仰向けのままにして、杏一郎は膝をついた。

「お、俺もガマンできませんっ……い、いきますよ」

雪絵は眉をひそめるも、すぐに瞼を閉じて、こくんとうなずいた。

杏一郎は片方の膝をすくいあげ、もう片方の手で屹立《きつりつ》を握りながら、濡れそぼる亀裂に切っ先を当てる。

腰を進めていくと、硬くなった杏一郎のペニスの先端によって、小さな穴が押し広げられていく。

「あううっ！　あんっ、熱いっ……硬いのがっ、ああんっ……入ってくるっ」

雪絵が叫んだ。

杏一郎はゆっくり腰を送る。

（こんなに抵抗なく膣穴に入るなんて……濡れ方がすごいんだ……）

軽く力を入れると、先端が雪絵の秘裂を開いていき、どろどろのぬかるみに、ぬぷぷぷ、と粘性の音を立てて嵌《は》まり込んでいく。

「んはぁ……お、おおきっ……ああん、いやっ……」

雪絵は顎をさらしながらのけぞり、身体を強張《こわば》らせる。

根元近くまで雪絵の体内に突き入れると、猛烈な気持ちよさが襲ってきた。

「ううっ……た、たまんないっ……な、なか、あったかい……」

杏一郎も思わず歓喜の声をあげた。

だがすぐに奥歯を噛みしめなければならなかった。

それほどまでに熟女の体内は心地よく、媚肉が、ぎゅっ、ぎゅっと分身を締めて、射精をうながしてきたからだ。

（き、気持ちよすぎるっ……気を許すと出ちゃいそう……！）

杏一郎は猛烈な快感に身をよじる。

膣の入り口こそ大量の愛液で簡単にこじ開けることができたが、その奥は驚くほど狭かった。

（このきつさがすごい……）

目をつむった雪絵の瞼が、ピクピクと痙攣《けいれん》していた。

なんとか落ち着いた杏一郎は、左右に開いた脚を上から押さえつけながら、ぐいぐいと張り出した肉傘で、狭穴を拡張していく。

「ぅぅんっ」

朱唇を結んだ雪絵が、きつく瞼を閉じ、くぐもった声を漏らす。

「おばさん、痛かったら言ってください」

雪絵はかぶりを横に振った。

ひとつ呼吸をすると、膣内部の感覚が染み渡ってくる。

うねうねとする熟女の濡れきった媚肉が、ギュウと肉竿にからみついてくる。

その気持ちよさに翻弄《ほんろう》されながら、杏一郎は本能的に腰を振った。

「んんっ……ああ……いきなり、そんなっ……」

打ち込むたびに、大きなおっぱいが目の前で揺れる。

身体を丸めて、そのせり出した乳首にしゃぶりつき、さらに打ち込むと、

「あっ……あっ……あぅぅ……」

雪絵が大きく顔をそらして、腰を震わせる。

布団の上で、正常位でつながりながら、ふたりはもう汗みどろでからみつき、シーツに汗ジミをいくつもつけている。

獣じみた強い性の匂いが、寝室にたち込める。

「ハア……ハア……ハア……」

「あんっ……あんっ……あんっ」

ぐちゅ、ぐちゅ……ぱんっ、ぱんっ……。

真夜中のシンとした田舎の夜に、セックスの淫らな音と、甘すぎる熟女の喘ぎ声が響く。

杏一郎は打ち込みながら、雪絵を見た。

うっすら開いた口からは、悩ましいセクシーな吐息が漏れ、泣きぼくろのついた目がとろんとして、薄目を開けて視線を宙に彷徨《さまよ》わせている。

「か、可愛い……感じてる顔、可愛いですっ、おばさん」

雪絵のまるで夢心地に上気した表情がハッとなって、イヤイヤする。

「み、見ないでっ……あんっ、いじわるねっ……だって……ああんっ、杏一郎くんのすごいのよっ……だめっ……あんっ、気持ちよくなっちゃうの、おばさん……」

(感じさせているっ……俺が、おばさんを……)

雪絵の言葉でさらに興奮が増して、杏一郎は激しく腰を使った。

いきり勃ったものが、雪絵の膣をぐりんぐりんとかき混ぜて、

「はあああ！　ああんっ。だめっ、そんな奥まで……壊れちゃうっ……はううん

っ」

のけぞったままで、雪絵の表情が差し迫っていた。

同時に膣が痙攣したみたいに、びくっ、びくっと蠢いて分身を締めつけてくる。

両手が背にまわされて、ギュッと抱きしめられた。

おっぱいが胸に押しつけられる。

そのボリュームに圧倒されながら、杏一郎も柔らかな肢体を抱いて、むしゃぶりつくようなキスをする。

「ううんっ……ンううんっ……むうう……むふんっ……」

息もできないほど激しく口を吸い合い、舌をもつれさせる。

ぴちゃ、ぴちゃと滴《したた》る唾液の音をさせながらキスをして、夢中で、ぬんちゃ、ぬんちゃとストロークする。

「んんっ……あううんっ……だめっ……だめっ……こんなになったことないっ……あんっ……とろけちゃいそう……」

キスを無理にほどいた雪絵が、唾液が垂れるのもかまわずに声をあげる。

本能的に、腰をもっとぶつけるように突き入れた。

雪絵の身体は押しあげられて布団からハミ出して、頭が簞笥《たんす》にぶつかりそうになっている。

「はあああ……ああっ、奥が、奥が切ないの……だめっ……ああんっ、どうしたらいいのっ……あうう……あんっ、だめっ、おばさん、先にイッちゃう……」

腕の中で雪絵がガクッ、ガクッと震えた。

「ああ、おばさん。今だけは、俺のものになって……俺の奥さんになって……」

「ああんっ、なるわ……おばさんの身体、杏一郎くんのものよっ、ああん……ごめんなさいっ……年上なのに、こんな、こんな……」

雪絵の身体がギュッと強張り、膣がキュッと締まる。

「イクッ……ああんっ……イッちゃううう！」

叫びながら、雪絵が達した。しがみついたまま、ぶるぶると震えている。

やがて、汗まみれの熟女が泣きそうな顔を見せる。

「……ううっ……杏一郎くん、ごめんなさい……」

きっとリードしようと思っていたのだろう。しかし、自分が先にイッてしまったのを恥じたのだ。

可愛らしかった。

それに加えて、汗の匂いや甘い体臭、蜜のこぼれた匂いが重なり、まだ膣の中にあるチンポが、ググッとそり返った。

「んっ……ああんっ……私の中でまた大きく……ああん……イキたいのね……いいわ、まだ痺れているけど、おばさんの身体を好きに使って……ん、ん……あ、あんっ……」

正常位はいい。相手の顔が見えるからだ。

今度は感じている顔をしっかり見つめながら、奥まで何度も激しく突いた。

「また、うねってきました、おばさんのおまんこ……気持ちいいっ……」

じっと見つめたままで、グイグイと奥を強く穿《うが》つと、雪絵は息を荒げながらも睨《にら》みつけてきて、ぐっと腕をつかんだ。

「あんっ……あんっ……おばさんを……あんっ……ま、またっ、か、感じさせようとしてるでしょう？」

怒ったように言うものの、熟女の腰の動きは「欲しい」とばかりにうねっている。

「だって……おばさんの感じた顔が、可愛くてっ」

こっちにも余裕はないが、それでもここが感じるんだろうと、当たりをつけて打ち込んでいく。

すると雪絵の怒っていた表情が、ふわっととろけた様子に変わり、

「あんっ……だめっ、ああんっ……いやっ……またイキそうっ……お願いっ、今度は先にイッてっ……」

泣き顔で雪絵が訴えてくる。

言われなくても、もう射精をガマンするのは無理だった。

「くうう……おばさんの……ぬるぬるでキュウキュウで、だめだ……、俺、もう余裕ないから、いきますっ」

杏一郎は、ググッと前傾姿勢をとった。

雪絵の身体もそのまま腰が浮いて、脚を開いたままのマングリ返しになる。

「あ……いやっ……こんな格好にしないでっ……」

慌てた雪絵が泣き叫んだ。

黒光りする怒張が、花蜜であふれた熟女の花弁を、出たり入ったりしている。

雪絵にも見えているはずだった。

「こんなに奥まで入って、ああ、見てくださいっ、おばさんのおまんこが広げられてっ……ああっ、また蜜があふれてきた」

「言わないでっ……ああんっ、恥ずかしいっ、見ないでっ、こんな姿……ああんっ……許して……私、また……ああんっ」

羞恥が興奮を呼ぶのか、雪絵がまた差し迫った表情を見せる。

可愛い表情だ。ずっと見ていたい。だが、もう確実にもたなかった。

「ああ……こっちも、出ますっ……中に、おばさんの中に……」

「え……」

雪絵は一瞬、後ろめたい顔をした。

だがすぐに表情を緩ませて、

「いいわ……いいのよっ……出したかったんだもんね……そうよね……ああんっ、中に、おばさんの奥に杏一郎くんのちょうだいっ……私、もう大丈夫な年だから」

その台詞を聞いて、心もチンポも決壊した。

「く、ああ……お、俺……イキますっ……あっ……ああ……」

杏一郎は情けない声を漏らし、どくっ、どくっと注ぎ込んだ。

(ううう……き、気持ちいい……)

出すたびに意識が奪われるようだった。脚にも手にも力が入らなくなり、会陰《えいん》だけがひりつく痛みを伴っている。

「あんっ……いっぱい……熱いのが……い、イクッ……ああ……」

雪絵はまた絶頂したのか、何度も、ビクン、ビクンと痙攣した。

アクメに達した媚肉が、ぎゅっと搾り取るように締めつけてくる。

熟女はまるで少女のように、キュッと目を閉じている。

（ああ……可愛くて、色っぽくて……それに、いやらしくって……田舎の人妻って、たまんないっ……）

やがて杏一郎は全てを出し尽くすと、マングリ返しをほどき、幸せを噛みしめながら雪絵をしばらく抱きしめていた。

鈴虫だろうか、リーンリーンと鳴いている。

その音が、射精のあとの心地よい疲労を回復させてくれるみたいだった。

4

次の日の朝。

杏一郎はニヤニヤしながら、自転車で事務所に向かっていた。

のどかな風景が、今日は桃源郷《とうげんきょう》に見える。

《いいわ……いいのよっ……出したかったんだもんね……そうよね……ああんっ、中に、おばさんの奥に杏一郎くんのちょうだいっ……》

《あんっ……いっぱい……熱いのが……い、イクッ……ああ……》

雪絵のイッたときの泣き顔、そして甘ったるいアクメ声……。

思い出すたび、股間が硬くなっていく。

先日、雪絵のおっぱいやお尻を盗み見て興奮していたというのに、それがセックスして、中出しまで許してもらえるとは……。

（あんなに色っぽい四十歳の美熟女……ちょっといないよなあ）

昨晩は立て続けに二発して、ふたりで裸のまま抱き合って眠った。

朝も一回ヤリたい……とは思ったのだが、やはり家の鍵のことが気になって、早めに出社したのだった。

管理事務所とは名ばかりのプレハブ小屋に着くと、所長の米川が営業車に乗り込もうとしているところだった。

「なんや、早いなあ、秋月クン」

くわえ煙草の初老の男は、なぜか杏一郎を見て、ギョッと驚いていた。

「あれ？　所長、こんなに早く、どこに行くんですか？」

「ちょっとY工務店に出かけてくる」

Y工務店は地元の土建屋で、三丸不動産の下請けでもある。

だが下請けといっても、地域の顔が利くまとめ役でもあるので、三丸としても無碍《むげ》にはできなかった。

米川から鍵を借りて事務所の中に入ると、杏一郎の鞄は普通に椅子の上に置いてあって、拍子抜けした。

(なんでここまで用意して忘れるんだろう……あ、でも、そのおかげでおばさんとヤレたんだから、結果オーライか……ホントに昨日はラッキーだったよな)

昨夜の幸せな時間を思い返していると、鞄の中に入れていたスマホが震えた。

取り出して見れば、東京にいる妻の洋子からである。

『もしもし、ああ、朝早くからごめんなさい』

「うん、なにかあった?」

『相談したいことがあって……実はね、ちょっと料理教室に通おうかと思って』

やっぱりだ。

妻は自分のために金を使いたいとき、たいてい朝早くとか、おかしな時間に連絡をしてくる。

しかし、それにしても今回は突拍子もなかった。

「料理教室って……いまさら?　どうして」

『だって、時間ができたし……それにあなたが帰ってきたときに、美味しい物を食べたいでしょう？』

だったら料理教室じゃなくても、動画とかで学べるだろう？

と言いたかったが、また話がこじれるからやめた。口ではどうせ妻には勝てないのがわかっている。

「高くないの？」

『いま、キャンペーン中で安くなるんだって。それにほら、香織《かおり》さんの紹介もあるから安くなるし……』

（なんだ、そっちが本命かよ……誘われて、断れなくなったんだな）

香織というのは妻の友達で、旦那は大学教授で羽振りがいい。

ウチとはつり合わないだろうと思うのだが、妻は見栄っ張りなのである。

「まあ……いいけど……」

「ありがとう。じゃあ、すぐに手続きするから」

電話はすぐに切れた。

久しぶりに話をしたというのに、「元気？　大丈夫？」と単身赴任をいたわる言葉のひとつもなかったし、近況を訊く様子すらなかったのが哀《かな》しかった。

(仕方ないか……飛ばされた俺が悪いんだし……)
せっかくの浮ついた気分が、半分ほど消し飛んでしまった。
気を取り直して、パソコンを起動させていると、主任の掛川《かけがわ》穂花が出社してきた。
「あら、早いじゃないの」
いつものツンツンした言い方で、細フレームの眼鏡を指で押しあげる。
「実は、鞄を忘れちゃって」
「ふーん、どうせたいしたもの入ってないんでしょう?」
眼鏡の奥の鋭い眼光が、上から目線で見下している。
穂花は向かい側の自分の席に座ると、パソコンを開いて仕事をはじめる。
杏一郎は緊張の面持ちで、穂花をチラチラ見る。
(まったく、相変わらず、嫌みな人だよな)
左遷されてきた杏一郎を、穂花は最初から小馬鹿にしていた。
『いいわねえ、大手は。仕事ができない人も遊ばせておく余裕があるんだから』
初めて会ったときの台詞がコレだ。
しかし、言い返せなかったのは、穂花が仕事のできる女だったからである。
彼女は先方とのやりとりもテキパキこなし、元々地元で不動産屋をやっていたから、契約書類も簡単につくる。

だが、性格は最悪だ。

杏一郎を「使えない」と日頃から罵《のの》り、「遅いわねえ。そんなんだから、飛ばされるのよ」と、心の傷口を平気で開いてくる。

しかもである。

仕事ができるだけでなく、容姿までいいから始末に負えない。

長いさらさらのストレートヘアは、色白の小顔によく似合っている。眼鏡の奥の切れ長の双眸が涼やかで、眼光は鋭い。

いつもは身体にぴったりしたタイトスーツを身にまとい、隙のないプロポーションのよさを見せつけてくる。今日はグレーの作業着姿だが、Mサイズの作業着の腰まわりはぶかぶかで、その一方、胸のところは悩ましい丸みを見せている。

旦那を三年前に亡くした未亡人であり、三十二歳という年齢もあって、そこはかとない色気が漂っている。性格は悪いが、女っぷりはたまらない。

（くっそ、口惜しいけど、いい女だよな……）

穂花は隣町の不動産屋を、旦那とふたりで切り盛りしていたらしい。

業績は悪くなかったらしいが、それがなんでこんな小さな管理事務所にいるのかは謎である。

「ねえ、所長は？」

穂花が睨みながら訊いてきた。

「さっき出かけましたよ。Y工務店に行くって」

答えると、穂花は「はあっ？」と、凄んでくる。

「Y工務店って、これからここに打ち合わせに来るのよ。まったく……どうせパチンコにでも行ったんでしょう？」

言われて、そういえば見られたくなさそうな顔をしていたなあと思った。

「そうかもしれませんね」

杏一郎は答えたが、実質、所長の米川は特に仕事をしているワケでもないので、それでもいいかなと思っている。

(だけど、このままだと俺もあんな風になるのかな……)

考えたら、身震いした。

コーヒーでも買ってこようかと立ちあがり、ふと所長の席を通ったときだ。

「あれ？　やっぱりY工務店に行ってますよ、メールに書いてありますから」

米川のパソコンが出しっぱなしで、メール画面が立ちあがっていた。

「え？　ホント？」

穂花も来た。

隣に来て、所長の画面を覗いている。

黒髪から甘い匂いが漂った。肩が当たるほど近い。女の体臭に、香水も混じった濃厚な香りが鼻先をくすぐる。

ちらりと見れば、眼鏡の横顔がすぐ隣にある。

（くうう、キレイだな……）

白い肌は肌理《きめ》が細かく、すべすべとしている。

「この玉川《たまがわ》って人、誰かしら？」

こちらを向いた。目の前に美貌があって、ドキッとした。

「え？　あ、あの……」

まったく訊いてなかったので慌てると、穂花は眼鏡の奥を細めてくる。

「だから、送り主よ。玉川って人、知ってる？」

「さあ……知らないですけど」

訊いたことのない名前だ。

だが今は、そんなことどうでもよくて、穂花を見て勃起した股間を、どうにかおさめなければならなった。

仕事中に勃起しているのを見られたら、間違いなくビンタされるからだ。

5

一日ぶりに自宅アパートに帰ると、ちょうど大家の奥さん、篠田由布子が訪ねてきた。

いつものように優しい笑みを浮かべて、玄関に立っている。

「秋月くん、これからは夜中でも起こしてくれていいからね。キミが遠慮して外にいたりして風邪を引いたりするのは、よくないと思うの。雪絵さんがいたからよかったけど……携帯の番号教えておくから」

さすが田舎だ。情報が早い。昔は教師をやっていたというだけあって、由布子は面倒見のよい先生のような雰囲気を醸し出して、杏一郎に対して、教え子みたいに接してくる。

確か中学生の娘がいると聞いているが、とてもそんな大きな子どもがいるようには見えない。美人ママだ。

「ありがとうございます。そう言ってもらえて……」

言って頭をかくと、由布子は玄関先でウフフと笑った。

(こんな先生がいたらなあ。人気あっただろうな、特に男子に……)

由布子の大きくて黒目がちなアーモンドアイが細められる。自分より五つ年上の三十五歳だが、キュートなお姉さんという感じだ。

栗色のボブヘアに、色白の瓜実顔《うりざね》。

唇が濡れてぽってりしているのが魅力的で、笑顔が実に愛らしかった。

昔から可愛かったに違いない。可愛い子が歳を重ねると、こんな風に魅力的なお姉さんになるんだろう。

(こういうのをコケティッシュとか言うんだっけ?)

ちょっとはにかんだり、手を口元に持っていったり、由布子の仕草はドキッとするほど男を引きつける。

実にそそる人妻なのである。

「でね、秋月くん。お夕飯まだよね」

「え、ええ……」

「これなんだけど」

優しげな笑みを見せながら、紙袋を差し出してくる。

「向かいのおばあちゃんからコロッケもらったんだけど、どうかしら。一緒に食べない？」

「ああ、いつもすみません……え？　一緒に？」

「そうよ。ウチの人は食べてくるらしいから。よかったら、一緒に夕食どうかなって思ったの」

夕食に誘われただけなのに、なんだかドキドキしてしまう。

というのも、今日の由布子は薄手の白いTシャツに膝上のミニスカートという、かなりセクシーな格好なのだ。

いつもはスカートが長いし、透けるような服など着ていない。

(そういえば、由布子さんの太ももって初めて見る……むっちりして……。おっぱいも……こんなにキレイな形をしてるんだなあ……)

Tシャツが薄すぎて、ブラジャー越しの乳房の形がくっきり浮き出ている。

ちらり見た感じ、雪絵ほどではない。が、けっこうな大きさだろう。

それに形がいい。ロケットみたいに前に突き出しているので、Tシャツの裾が上に引っ張られて、ちらりとへそが見えるくらいだ。

なぜ今日はこんなに悩殺的な格好なのだろう。

とか考えている間に、由布子はさっさと杏一郎のアパートの部屋にあがってきた。

「お邪魔します。じゃあ、キッチン借りるね」

「え……？　あ、あのっ、洗い物がっ」

「そんなの気にしないでいいよ。ほら、突っ立ってないで」

大家だから、当然間取りはわかっているだろう。

由布子はすいすいと中に入っていく。

二階建ての木造アパートは、２ＬＤＫでなかなか広い。

それでも東京と比べて、家賃は三分の一という格安さである。

「秋月くん、結構キレイにしてるんだね。大家としては、うれしいかな」

チェックするように、部屋を見てまわる。

(ああ、なんで普通に、単身赴任の男の部屋にあがってるんだよ、無防備な……)

汗臭い単身赴任の男の部屋の中に、人妻の甘い匂いが漂う。

由布子はきょろきょろしながらキッチンに入っていき、クスクス笑った。

「やあだ。ホントに洗い物、こんなにため込んでる。だめだよっ、こまめにしないと」

可愛い人から注意されても全然悪い気がしない。というか、なんならもっと怒られたい。

「すみません。なんかいつも面倒をおかけして」

杏一郎はスポンジを取ろうとした。

そのとき、由布子がスポンジを先に取った。

軽く手が触れて、由布子がビクッとした。

「あっ、ごめんね。勝手にされたら、困っちゃうよね」

「い、いえ……そういうんじゃなくて……」

「そうなんだ。よかった。じゃあ、やっちゃうね」

由布子は大きな目を三日月にして、優しく笑いながら食器洗いをはじめる。

初めてなのに、手慣れているのはさすが人妻だ。

(ああ、由布子さんが、俺の食べたあとの食器を、洗ってくれてる……)

普通はつき合っている女の子ぐらいしかしてくれないだろう。なんかいい。

杏一郎はシンクの前に立つ由布子を、まじまじと見つめた。

横から見るとおっぱいの形がまるわかりだ。重力に逆らって、トップが上を向いている。

それに加えて、由布子の場合は、尻だ。

手を動かすたびにミニのタイトスカート越しに、尻肉が妖しく揺れている。その小気味よくキュッとあがったヒップがエロい。

「なあに。じっと見られていると、困っちゃうんだよね」

甘えるような口調で言われて、年甲斐もなくキュンとした。

「す、すみません」

杏一郎は落ち着かぬままに、居間であぐらをかいて座る。

（昨日はしっとりした熟女の雪絵さんで、今日は年上のお姉さんって感じの由布子さんか……こりゃあ、ツイてる）

自分の家なのに、所在なくそわそわしていると、由布子はご飯やサラダも用意してきたらしく、盛りつけして出してくれた。

「秋月くん、どうぞ。おばあちゃんのコロッケ美味しいよ」

由布子はローテーブルの向かいに、正座してご飯をよそってくれる。

茶碗を受け取ったとき、つい下を見た。

正座しているから、タイトスカートが際どくズレあがっている。

ムッチリした肉感的な太ももが、タイトなスカートの奥の際どいところまで見えていた。
暑いからか、ストッキングを履いていない生脚だった。
（ふ、太もも……柔らかそう）
「はい。お茶」
由布子がにこにこしながら、湯呑みを手渡してくる。
ほんわかして、夫婦みたいでいいなあ、と思う反面……。
ムチムチの太ももがどうにも視界に入る。
太ももは静脈が透けそうなほど白い。色っぽい脚だった。
（い、いけない……見ては……）
と思うのに、これは男の性《さが》だ。
ミニスカートからのぞく太ももに、心が奪われていたときだ。
「今日は暑いわね」
由布子が、手で顔をパタパタしながら、よそ見をした。
Tシャツの襟《えり》ぐりから見えるデコルテのところに、イヤらしく汗が光っている。
さらにだ。
目線を下にやり、「うっ」と思った。

タイトスカートの奥に、人妻の股間を覆う白い下着が、はっきりと見えていた。

（由布子さんのパンティ……）

太もものつけ根に、真っ白い布が食い込んでいた。

色こそ白だが、田舎の清楚な人妻にしてはいやらしい下着だった。うっすらと黒い繁みが透けて見えるのだ。透け感のある下着だった。

クロッチの真ん中が、わずかに窪んでいる。

スカートの中が汗ばんで、秘肉に張りついているのだろう。

（くうう、純白のデルタゾーン……汗ばんだ蒸れ蒸れパンティを見せてくれるなんてっ、田舎の人妻ってエッチだ）

あまりに見過ぎて、由布子が「ん？」とこちらを見てから、杏一郎の視線を追って自分のスカートに目を落とす。

ハッとした顔をしてから、こちらを向いて微笑んだ。

「あんっ、見えちゃったね」

と言いつつも、それほど焦る様子もなく、片手でスカートの裾を引っ張り、魅惑の白いデルタゾーンの前に手を置いた。

（見えちゃったねって、そ、それだけ……？）

由布子は頬を赤らめるも、杏一郎に対してパンティを覗き見たことを咎《とが》めるでもなく、優しい笑顔を見せてくる。

杏一郎は視線を逸らし、無言でコロッケを食べた。

頭の中が白いパンティでいっぱいだ。股間がズキズキと疼いている。

「そういえば、昨日は旦那さんいなくて雪絵さんだけだったんでしょ？」

由布子がヤバい話題を振ってきた。

「え、ええ……そうなんです。いいのかなって思ったんだけど……私なんかもうおばさんでしょ……って」

彼女が茶碗を持ったまま、真っ直ぐに見つめてくる。

「ふーん、そうなんだ……雪絵さんって、別におばさんじゃないよねえ」

少し、怖い顔をされた。

（え……？　怒っている？　なんで……）

面倒見のよい大家さんの奥さんと店子《たなこ》の関係で、それ以上はなにもない。

弟みたいに可愛がってくれているのはわかる。

だからといって、泊まったことを咎める権利はないはずだ。

「あ……やだ、秋月くん、顔に……」

「え？」

由布子が身を乗り出して手を伸ばしてきた。

頬に手が触れられる。

なんだ、と思ったらご飯粒だった。由布子がそれをとると、ウフッと笑って三日月の目を細めてきた。

6

由布子が帰ってしまったあと。

杏一郎は隣の寝室の畳に、ごろりと横になった。

人妻の甘い匂いがまだ部屋に漂っていた。

興奮が冷めやらないままに、ぼうっと考える。

（なんで怒ってたんだろう？　まさか、雪絵さんとのこと勘ぐってたりして……）

そんなわけないよな、と杏一郎は思う。

それにしてもだ……。

《あんっ、見えちゃったね》

あれはずいぶん挑発的だった。

パンティの股布の上部はレースが施され、わずかに透け感があった。田舎の人妻にしては、いやらしい下着だった。

(ああ、太ももが汗ばんで、蒸れ蒸れパンティだったなあ。きっと由布子さんの一日の汚れとか汗とかついて……すごくエッチな匂いが籠《こ》もってたんだろうな)

横になったまま、ティッシュに手を伸ばす。

ズボンとパンツを脱ぐと、屹立が待ってましたとばかりに飛び出した。ティッシュを先の方にあてがい、右手で勃起を握る。

「くぅ……」

それだけで甘ったるい快感が走り、杏一郎は仰向けのままに肉茎をこする。

「ああ……由布子さん……」

思わず口にしつつ、先ほどの純白パンチラを頭に描く。

(くう……くっ……)

チンポの芯が疼いて、陶酔感が襲ってくる。

先走りの汁がティッシュにこぼれて、青臭い匂いを放つ。

「ゆ、由布子さん……くうう……」

頭の中では、由布子を押し倒してしまっていた。あの柔らかな、キュートな美貌が甘い言葉で「抱いて……」と誘っている。

こする手の動きが速くなり、気持ちよさにうっとり目を細める。

仰向けから横臥になり、全身が震える。あと何回かこするだけで、たまりきった欲望が放出されるところだった。

ハッと気づいたら、襖がわずかに開いていた。

驚いて固まっている由布子と目が合った。

「あっ！　わっ、うわっ……！」

杏一郎は慌てて立ちあがり、くるりと後ろを向いてパンツとズボンをぐいっと引きあげる。

「な、な、なんでしょうか……？」

「ご、ごめんね。明日の分のコロッケ渡し忘れて……今までいたんだから、声かけなくてもいいかなって……」

背後から、そんな言葉が聞こえた。

（オナニーを見られたのもまずいが、由布子さんをオナネタにしたの、聞こえてたら……まずい、まずすぎる！）

パンチラを頭に思い描いたとき、ついつい名前まで口走ってしまったのだ。

熱っぽく名前を呼びながらオナニーをしていた。

もしそれを聞かれていたら……。

くるりと後ろを向いて、由布子の顔を見る。

さすがに由布子は、恥ずかしそうに顔を真っ赤にして、うつむいている。

(こ、これは……聞かれたな。そうだよな……)

「そこに座って……秋月くん」

言われて、杏一郎はあぐらをかいた。

由布子も前に来て正座する。

真っ白い太ももが、際どいところまで見える。

(や、やばい……)

こんなときにも、エロい目で見てしまう自分を恥じる。でも見えた。

「あのね、秋月くん。雪絵さんと、その……いろいろあったのは知ってるのよ」

「え……ええ？」

突然言われて、杏一郎は目を丸くする。

「ど、どうして……」

「雪絵さんの雰囲気でね……ああ……、やっぱり、そうなのね」

由布子が目を細める。

しまった。白状してしまったようなものだ。

どう受け答えしたらいいか迷っていると、由布子は優しく、諭すように言う。

「大家として言うわ。あまりいいことじゃないと思うよ……寂しいのはわかるけど、例えばそういう本とか、ネットで探すとか、うまく解消したらいいんじゃないかしら……そうじゃなかったら……」

そこまで言って、由布子はカアッと顔を赤く染める。

三十五歳なのに、キュートな美貌が可愛くてドキッとする。

「……そ、そうじゃなければ？」

杏一郎が訊くと、由布子は顔を横に向けて、「ハア」とため息をついてから、意を決したように大きな目で見据えてくる。

「わ、私ので……私のさっきの……あれじゃやだめ？」

「は？」

思わぬ台詞に、杏一郎は目をぱちくりさせる。

「秋月くん……さっき、私のスカートの中のことを思い出して……していたんでしょう？　私の名前、呼んでたの聞こえたもん。田舎のおばさんの下着だけど、本とかよりは直《じか》で見るほうがいいかなって……それで……私、ミニスカートを……」

由布子がぎこちなく微笑んだ。

それでわかった。

タイトなミニスカと薄いＴシャツ姿は、自分をオナネタにしていいから、という覚悟らしい。

（ほ、本気？　どうして？）

由布子が店子の杏一郎に向けて、そこまでしてくれる意味がわからない。

わからないが、こんなチャンスなら、もっといろいろお願いしたくなってくる。

あわよくば、可愛い人妻のフルヌードを拝みたい。いやそこまでは無理でも、もうちょっとだけ……。

喉がからからに渇いて、杏一郎は唾を呑んだ。

「わ、わかりました……でも、だったら、あ、あの……あのっ……も、もう少し見せてもらえませんか？」

杏一郎は切実な顔をつくり、思いきって訴える。ダメ元だ。

「えっ……もっと？」

由布子が当然、戸惑った様子を見せる。

「は、はいっ。それくらいの刺激じゃないと、他のところに欲求をぶつけてしまいそうです……だから……」

「他のところって……だからそれはダメよ。よくないわ」

タイトスカート越しに、由布子は秘部の上に手を重ねている。

その手がギュッと握られた。

うつむいたから、サラサラのボブヘアが顔に枝垂《しだ》れかかっている。

しかしその隙間から、小さく吐息をもらしたのが見えた。

「……わ、わかったわ……いいわ、もう少しだけ……秘密は守れるわね」

由布子が、Tシャツの裾に手をかける。

(おおお……マ、マジかっ……ホ、ホントに？　俺のための、オナネタになってくれるのか？)

なんでだろう、と思ったときに、頭をよぎったのは「嫉妬」だった。

由布子が、雪絵に嫉妬しているのではないか？

田舎には若い男があまりに少ないから、それで……。

(でも、そんなことぐらいで、脱いでくれるのかなあ)

いろいろ考えつつ、ドキドキを抑えようと深呼吸した。

由布子はTシャツの裾に手をやったまま、恥ずかしそうにこちらを見た。

「こんなことするの、今回だけよ……ガマンできないんだものね」

「え？　は、はいっ……」

目を血走らせていると、ようやく由布子は強張っていた表情を緩めて、いつもの優しい笑みを漏らす。

そしてはにかみながら、ぽつりと言う。

「ホントに、私で興奮してくれるなら……」

Tシャツがめくりあげられた。

汗ばんで照り光る白い肌。パンティと同色の白いブラジャー。ハーフカップのブラジャーは思った以上にセクシーで、形のよい美乳の上半分を露出させている。

「おおおっ……由布子さんのっ……おっぱい、すごいキレイですっ……」

思わず興奮で言葉がうわずった。

ズボンの中で屹立が痛いほどにふくらむ。

その盛りあがりを、由布子はちらっと見る。

「すごいことになってるわね……わかったわ。脱ぐから」

由布子はTシャツを首から抜いて、上半身ブラだけの格好になる。

（おおー！）

たまらない、たまらなすぎる。

（見せてくれるだけなんて……いや、きっとイケるぞ）

杏一郎はダメ元で欲求を口にする。

「ゆ、由布子さんっ。す、少しだけ、触っても……」

由布子は驚いた顔を見せる。

しかし、先ほどからふたりの間に淫靡な空気が漂いはじめている。その空気に、由布子も乗せられているのだと思った。

それに由布子は中学生の母親で、三十五歳の人妻という余裕も漂わせている。

年下で、あまり女性経験もなさそうな杏一郎に、母性を感じているような気がするのだ。

「……ああんっ……少しだけなら。少しよ、ほんの少し」

正座していた由布子は立ち膝をしながら、近づいてきて杏一郎に胸を寄せる。

ゆったりと揺れるほどの大きさなのに、張りが凄まじい。

杏一郎は、手を伸ばしてブラ越しのおっぱいに触れた。

「や、柔らかいっ……も、もっといいですか？」

顔を覗き込むと、由布子は恥ずかしそうに、こくんと頷いた。

「あんまり強くしすぎないでね」

杏一郎は静かに頷き、もっと強く指を食い込ませていく。

「んっ……」

由布子がぴくっと震える。

ブラから乳房がこぼれんばかりに揉みしだいていくと、もうガマンができなくなってくる。

「あっ、ちょっとっ」

杏一郎はブラカップの中心部をつかんで、グイと押しあげる。

ブラを外される、とわかって、由布子が胸を両手で隠す。

「もうっ、勝手なことをしてっ。ブラを外すなんて、そこまでは……」

「だって、全部見たいですよ。そうしないと、興奮できません」

「ええっ！　もうっ……わかったわよ、ホントに今回だけなんだからあ、ううっ……」

ボブヘアをかきあげながら、由布子は切なそうな表情をする。

アーモンドアイが細められて、うるうるしながら流し目で見つめられた。可愛いのに、色っぽい。たまらなかった。

悩ましげな吐息を漏らしながら、由布子は両手を外す。

ふくよかな生乳房が、ぶわわんと現れて、その美しさに杏一郎は目を奪われた。

先っぽがツンと上向いた、円錐のような美乳である。乳輪がぷっくりとふくらんでいて、乳首が円柱にせり出している。

三十五歳にしては張りのありすぎるバストに目を奪われた。

「デカっ……それに、形がすごいキレイです」

「あんっ、そんなに見ないでっ。でも、目に焼きつけておきたいのよね」

恥じらいつつも、もう隠すようなことはしなかった。

困っているフリをすれば、つけ込めるのは素朴な田舎の人妻ならではだと思う。

杏一郎は罪悪感を覚えつつも、欲望のままに手を伸ばして、由布子のふくよかなふくらみを揉んでいく。

とろけるようなふわふわっとした感触。指を押し返す弾力もある。

(す、すげっ……)

手のひらをいっぱいに広げて揉みしだき、下からすくうように、たぷたぷと震わせたりする。

「ん……んぅっ……」

由布子が目をつむり、色っぽい吐息を漏らしはじめる。

汗ばんだ乳肉が指にしっとりと吸いついてきた。

ぐいぐいと指で揉みしだくと、由布子は座っていられなくなるほどに、のけぞってくる。

杏一郎は思いきって畳の上に押し倒して、左右の乳房を両手で挟んで、真ん中に寄せた。

ふたつの乳首がくっついた。

（こんなこともできちゃうのかよ……）

柔わらかなデカパイに興奮した杏一郎は、さらにおっぱいをつかみ、由布子の乳首同士をこすりあわせる。

「いやんっ、何してるの、恥ずかしいことしないでっ、あんっ……あんっ……」

それだけで、由布子はびくっ、びくっ、と震えて、つらそうに眉根を寄せて見つめてくる。

（乳首がすごく感じるんだな……）

思いきって乳暈《にゅううん》ごと乳首を貪るように吸い、空いている方の乳首を指でつまむ。

「んぅぅぅ！　秋月くん、そこはっ……はんッ」

由布子はいっそう激しく身悶えし、眉をハの字に折り曲げて、今にも泣き出しそうな顔をしている。声も甲高く、甘く媚《こ》びるようなエロい声になる。

その様子に興奮しながら、キュッと乳首をつまんでいくと、

「あっ、だめっ……そこは、あんまりいじらないで……！」

本気の声でとめられて、杏一郎は胸から顔を離す。

（やりすぎだったかな……）

興奮しすぎて、とめられなかった。もっと優しくしようとまた覆い被さろうとしたときだった。

「待って、秋月くん。それが……すごく苦しそうなんだけど」

彼女は起きあがり、恥ずかしそうに髪をかきあげながら杏一郎の股間を見る。

タイトスカートがまくれ、白いパンティが見えるのもかまわずに、キュートな美貌ではにかんでくる。

「苦しいです。今にもはちきれそうで」

ズボンが盛りあがっている。

（もしかしたら、手コキしてくれるのではないか？）

手でシコシコしてくださいと、お願いしようとしたときだ。

「クスッ。ねえ、もっと見せて……」

言いながら、今度は由布子が押し倒してくる。

ズボンとパンツを下ろされた。屹立が飛び出してくる。

もう由布子は優しいお姉さんではなくて、すっかりと欲情した女の顔になって、肉竿を見つめている。

「こんなになっちゃうのね……ねえ、これ……」

由布子が上からのしかかってくる。

おっぱいが下垂して、ぶるんっ、と揺れている。

この流れは、手コキ……いや、もしかすると口で咥えてくれるかもしれない。

期待で胸を高鳴らせていたときだ。

恥じらい顔の由布子が見つめてきて、ボブヘアを耳でかきあげる。

「うふっ……私のおっぱい……しっかり味わってね……」

（え？　うわわわ……）

杏一郎は息を呑んだ。

由布子が自分の乳房をゆっさと持ちあげて、そのまま肉棒に押しつけたと思ったら、乳房で挟み込んでしまったのだ。

（パ、パイズリっ、まさか、おっぱいでチンポをこすってくれるなんてっ）

「んっ、しょっ……」

由布子が胸を下腹部に押しつけている。

重たげな乳房が、下腹部の上にある。

むにゅうと柔らかく、あったかい乳房に自分の性器が包み込まれてキュッと圧迫されてしまう。

生まれて初めての感触に、頭がおかしくなりそうだ。

杏一郎は大きくのけぞり、畳を爪でひっかいた。

「くうっ……や、柔らかくてっ……こんなのっ」

チンポが甘い快楽に包まれて、腰がひりついた。

その陶酔に頭をぼうっとさせながら、なんとか上体を起こして下半身を見る。

亀頭部は谷間からハミ出ている。切っ先からぬらぬらした体液を噴きこぼし、由布子の白いおっぱいを汚している。

パイズリは見た目がすごかった。

びんびんになった怒張が、由布子の胸の中にある。

おっぱいを犯してるんだという気持ちが、甘い陶酔に拍車をかける。

「秋月くんのっ……あんっ……硬くて、熱いっ……」

由布子はこちらを見てニコッとしてから、頬を窄《すぼ》めた。

(えっ？　あ、ああああ……)

なにをするかと思ったら、そのままチンポに、たらーっと唾を垂らして、おっぱいで引き延ばしはじめたのだ。

「もっと挟んであげるね。両側から、むぎゅうって」

由布子はおっぱいを左右から中央に寄せて、肉棒を圧迫しながら身体を上下にゆすりはじめる。

「くうっ、ゆ、由布子さんっ……ああっ」

ちゅく、ちゅくっ……唾が潤滑油となって、両パイがチンポの表皮を甘くこすりたててくる。

(パイズリ、慣れてるな……誰かにしこまれたんだろうな。由布子さんって、素直で真面目だから、これが普通のやりかただって男に言われたとか……)

「んっ……キツすぎない？　挟む感じはこれでいい？」

「は、はいっ、すごく気持ちいいですっ」

答えると、由布子はいつもよりエッチな笑みを漏らす。

「このおっぱいの感触、覚えていてね。へんなことしないように……」

由布子はやわやわと乳房を左右から揉み、ペニスを圧《お》しながら激しく身体を上下させてくる。

目の下をねっとり赤らめて、瞳をうるませながら、ハアハアと喘いでいる。

それは仕方なくなんて雰囲気じゃない。

全力で男を気持ちよくさせようとしているのが伝わってくる。この人は男にとって最高の女性だ。

「くうう、由布子さんのおっぱいっ……はああっ」

尿道口からドクドクと噴きこぼれる先走りが、由布子の唾と混じって、ねちゃねちゃと音を立てる。

おっぱいはもう透明な汁まみれで、汗と混じって、いやらしい性の匂いを立ち籠めさせている。

「うふっ、いっぱい出てるっ……」

自分の胸を見て確認した由布子は、おっぱいで挟みながら顔を亀頭に被せていく。

「れろおっ……んちゅ……んちゅぅ……」

「あああ……！」

あまりの気持ちよさに、意識が飛びそうになる。

パイズリしながら、おっぱいから飛び出た部分をフェラされたのだ。

至福だ。

これ以上の至福なんかないっ。

「ん、んちゅぅ……ンッ……ンッ……」

由布子が吐息を漏らしながら、じゅぽっ、じゅぽっと顔を打ち振った。

おっぱいで竿を刺激され、先っぽは口と舌で愛撫されている。

（こんなの、もうガマンできないっ！）

「ああ、ゆ、由布子さんっ……で、出ちゃいそうっ」

腰を震わせ、情けない声で訴える。

由布子が勃起から口を離し、髪をかきあげる。

「いいのよ、秋月くん。いつでも出して。気持ちよくなって」

いやらしい声で囁き、また胸を寄せてシゴいてくる。

もう限界だった。

「く、くぅぅ……で、出るっ……」

腰がふわっと浮いて、力が入らなくなる。

尿道に甘い刺激が走ったときだ。

煮つまったような熱いエキスがペニスの中でふくらんで、爆《は》ぜた。

ビュッと放たれた飛沫《しぶき》が、人妻の顔に襲いかかる。

「あんっ……熱いっ、んっ……」

噴き出した精液が、由布子の頬や口元、それに髪の毛にもかかった。

「ああっ、ごめんなさいっ！」

慌てて謝るも、彼女はうっとりした様子で、指で頬についたザーメンを拭って、ウフフと笑う。

「たくさん出したのね。こんな濃くてドロドロしてるのを……」

由布子はこちらを見ながら、指先についた精液をぱくっと口に入れる。

（ああ……）

杏一郎は驚き、その様子を見ている。

由布子は、ちゅぽっと口から指を抜き、

「美味しいわ……さ、これで、私で楽しめたわよね。雪絵さんと不純なことしないで、ひとりでしてね」

ウフッ、とキュートに笑うお姉さんはあまりにエロすぎた。

第三章　畑の中でとろけて

1

大家の奥さん、由布子から刺激的なパイズリを受けてから三日。

杏一郎は言いつけめいたものを守り、雪絵を誘ったりはしていなかった。

だが、もちろん葛藤はある。

昼や夜に食堂に寄ったとき、雪絵が潤んだ瞳で見つめてくるからだ。

あからさまには誘ってこないが、旦那が厨房にいるというのに、しなだれかかってきそうな、そんな危うい雰囲気を漂わせている。

美人のおばさんの蒸れた腋《わき》の匂いや、汗の味、柔らかなおっぱい、使い込んで熟れきった、とろけるようなおまんこ……。

成熟した肉体を、もう一度味わいたい。

誘ったら、イケるかもしれないのに……だが、それでも杏一郎はガマンした。

今は、由布子である。

口では「もうしない」と言っていたが、パイズリで杏一郎を射精に導いたあと、顔についたザーメンをすくいとり、舐めたときの顔が「欲しい……」と言っているように思えた。

（まだ、きっと先にいけるチャンスはある……）

二兎を追う者は一兎をも得ずだ。

だから、休日に由布子から連絡があったときは、飛びあがるほどに興奮した。

電話の内容は、畑の草刈りの手伝いだった。

篠田家はアパート経営だけでなく兼業農家でもある。

旦那がいるなら断ろうと思っていたが、旦那は出かけているという。

杏一郎は二つ返事で了解し、長袖のシャツと汚れてもいいチノパンで、喜び勇んで出かけたのだった。

「やっぱり男の人がいると、助かるわね」

杏一郎が腰を叩いていると、別のところで草を刈っていた由布子が戻ってきた。由布子は大きな麦わら帽子を取って、首に巻いていたタオルで汗を拭う。十月だというのに日差しは強い。

うーん、と伸びをすると、白いブラウスがめくれてキレイな臍がちらりと見えた。強調された胸の丸いふくらみに、思わず目が吸い寄せられる。腋の下の汗ジミも妙にいやらしさをそそる。

由布子は白いブラウスに、紺色もんぺという格好だった。もんぺというのは通気性がよくて、農作業にはぴったりらしい。

「一箇所にまとめておくわね」

由布子は杏一郎が刈った草に手を伸ばす。

前屈みになると、無防備にヒップが突き出される。肉づきのよい丸尻は、もんぺの布地をパンパンに張りつめさせて、悩ましいパンティラインを浮き立たせている。

(由布子さんの、このお尻がたまんないんだよな……)

慣れない農作業で身体は疲れているものの、田舎の人妻の色っぽいデカ尻はムラムラとした劣情を誘ってくる。

「じゃあ、ちょっと休憩しよっか」

由布子は椎《しい》の大木に向かって、歩き出した。

涼しい木陰のところに、草を踏みしだいて荷物を置いてある。

そこにふたりで座り、ペットボトルのお茶をゴクゴクと喉に流し込んだ。

風が吹き、草と土の匂いが漂った。

ちらり横を見れば、由布子のボブヘアがさらさらと風になびき、シャンプーと女の体臭と、汗の甘酸っぱさが鼻奥に匂う。

三十五歳のキュートな人妻の色香は、くらくらするほど濃厚だ。

(くうう、由布子さんって、なんでこんなにいい匂いがするんだろ。汗でむれむれのはずなのに……)

由布子もペットボトルのお茶に口をつける。

顎の汗粒が、Tシャツを押しあげる胸のふくらみにぽとりと落ちる。

白いブラウスは汗だくで、うっすらブラジャーが透けて見える。

本当に田舎の熟女は無防備すぎる。

「ん？　なあに」

由布子がこっちを向いた。顔が近い。キスできそうな距離で、大きなアーモンドアイが三日月の形になって、優しげな笑みをこぼしている。

「い、いや……」

見つめられて心臓がとまりかけた。目線が宙を泳ぐ。

(三十五歳の人妻なのに、可愛すぎるだろっ)

それに、チンポをおっぱいでこすった相手なのに、なんで平然としていられるんだろうなと思っていたら、由布子から切り出してきた。

「なに考えているの？　この前のことでしょ？　私のおっぱいで、すっきりさせたことよね……あれはあのときだけだからね」

真面目な教師みたいに諭される。さらに由布子は続ける。

「……でも、約束通り、雪絵さんのところにはいかなかったんでしょう？　私のことを想像して、ひとりでしてくれたのよね？」

「し、しましたよ。で、でも……」

「でも？」

由布子が首をかしげた。

(こ、これはチャンスだ……)

困らせれば、目の前の人妻を籠絡《ろうらく》できるのではないか？

そんな気持ちが杏一郎に芽生えてくる。

「あの、おっぱいだけじゃ……そのうち勃《た》たなくなると思うんです」

杏一郎はわざと暗い顔をして見せる。

由布子とエッチできるなら、もう嘘でも詭弁《きべん》でもいいやと思った。

「え……そ、そうなの？　私、すごい頑張ったんだけど」

「わかります。でも、刺激が足らないっていうか……その……おっぱいだけじゃなくて、大事な部分とかも……」

「ええっ！」

いつも笑みを浮かべる明るい人妻が、怒った顔を見せる。

「そ、そういうのはダメよ。ああん、そうやって少しずつ、私をエッチな方向に向わせようとしてるんでしょう？」

杏一郎は、わざとため息をつく。

「じゃあ、やっぱり直接の刺激が欲しくなっちゃうから、約束できないかもしれません」

「ダメよ。いけないことだわ、秋月くん」

狼狽《うろた》えているが、もう顔は真っ赤だ。

そして髪の毛をかきあげながら、由布子がチラッとまわりを見たのを、杏一郎は見逃さなかった。

「茅《かや》の葉で目隠しになってますから、道路からは見えないと思うんです」

「えっ、ちょっと待って。こんな昼間っから、外で？　そんなの無理よ……」

言いながらも、由布子はもんぺを穿いた農作業の格好でもじもじしている。

「一回だけです。見せてくれたら、おとなしくできると思うんです」

杏一郎は神妙な顔をする。

由布子は、困り顔でまた周囲を見る。

（い、いけるっ……）

田舎の人妻は無防備で、押しに弱いことも知っている。それになんといっても、真面目そうに見えても、内面は大胆で性に対して貪欲だ。

由布子も、ホントにいやだったら「手伝ってくれ」と、杏一郎を誘ったりしないだろう。

杏一郎はすがるような目で由布子を見る。

すると人妻は、お姉さん的な優しい眼差《まなざ》しで見返してきた。

「わ、わかったわよ……もうっ」

由布子は大きく息を吐き、白いブラウスのボタンに指をかける。

ボタンを外していき、汗ばんだデコルテがさらされる。

それだけで杏一郎の股間はエレクトした。ドキドキがとまらなくなる。

続けてボタンを外していき、胸元をはだけさせる。

ベージュのブラジャーはフルカップで、見せることをまったく意識しない実用的なデザインだ。

セクシーなブラもいいが、やはり人妻らしい、見せるつもりのない下着の方が男はエロさを感じる。

この前、生乳を見せているからだろう。今日は躊躇《ちゅうちょ》なくブラジャーを外して肩紐から抜いた。手で隠しきれないバレーボールのような球体が、ゆっさと揺れて、とろけるような至高の柔らかさを思い出させてくれる。

だけどスムーズだったのはそこまでだ。

「はあっ……」

上半身裸の体育座りで、もんぺに手をかけた由布子は、首筋までもピンクに染めてため息をつく。

恥ずかしいのだろう、杏一郎をちらちらと見ながら、もんぺのウエストのゴム部分に手をかけて、震えている。

切なげな吐息を何度も吐き、うつむき加減で眉毛を震わせ、紅潮した頬を羞恥でピクピクさせている。

少し戸惑ってから、お尻を軽く浮かせた由布子が、もんぺを脱いで爪先から抜き取った。

（むおお）

杏一郎は思わず、身を乗り出した。

ムッチリした下半身を包むのは、大きめサイズのベージュのパンティだった。

こんな昼間から、しかも畑の脇で美人妻を裸にさせている。

その興奮に酔いしれつつ、鼻息荒く由布子を見ていると、

「ああんっ……これもなのね……」

彼女は戸惑いながらも、震える指でパンティをズリ下げ、いよいよ一糸まとわぬ姿を杏一郎にさらけ出した。

（お、おおっ……！）

ヒップから太ももにかけての悩ましい丸みが充実していて、いかにも女らしい脂の乗り方だった。色っぽいフルヌードに、勃起が痛いほどに硬くなる。

「ひ、開いてっ。脚を開いてください」

もう昂《たか》ぶりを隠せなくなった。

「いやだ……秋月くん、女の人の身体を知らない学生みたいよ。結婚して長いんでしょう？」

「長いんですけど、妻は明るいところでさせてくれなかったし、クンニとかいやがるタイプで、そもそもあんまりさせてくれなかったし……」

これは本当のことだった。

その恥ずかしい夫婦生活を赤裸々に告白すると、由布子は少し気の毒そうな表情を見せてから、ウフフッと優しげな笑みを見せた。

「そうなんだ。それじゃあ、ちゃんと教えてあげるから……ね」

由布子は草むらの上で体育座りしながら、顔をそむけつつ、ゆっくりと脚を開いていく。

「ああっ……すごいっ……」

どくん、どくんと心臓が高鳴った。

杏一郎は思わずギュッ、と自分の股間を押さえた。

恥毛の下に果肉をハミ出させたワレ目が息づいている。縦筋はすでにしっとりと潤んでいて、収縮を見せている。

三十五歳の人妻にしては、色素の沈着がない可愛いおまんこだった。

その花弁自体も興奮を誘うのだが、野外で人妻をあられもない大股開きにさせて、恥部をさらけ出させているということにもゾクゾクする。

「ああんっ……み、見える？」

顔をそむけながら、由布子が恥ずかしそうに訊いてくる。

「み、見えます。けど、内部までは……」

言うと、人妻はキュッと目をつむりながら、右手の指を自分のおまんこに持っていき、人差し指と中指で、逆V字を使ってワレ目をくつろがせた。

「んんっ……これが女の人のアソコよ……」

恥丘に置かれた指が肉土手を大きく開き、中の媚肉を見せていた。

サーモンピンクの膣肉はもうぐちゃぐちゃに潤み、剝き貝が息をするように、ヒクヒクと蠢《うごめ》いている。

「ああ、キレイです。これがおまんこ……ちゃんと見るの初めてかも……もっと中を見せてくださいっ」

調子に乗って、初めてのフリをして答える。

もちろん妻のも何度も見たことがあるし、無修正ビデオだって見たことはある。

「ああんっ……観察しないでっ……わかったから、開くから……」

由布子はハアハアと熱い息をこぼす。

女として、これほど恥ずかしいことはないのだろう。それでも人妻は、自らの指で恥丘を、くぱぁっと押し広げた。

ピンク色の媚肉が奥まで見えた。

小さな穴もはっきりと目に映る。膣口だ。

「うわあっ……奥までっ、奥まで見えてます、由布子さんのおまんこ……」

「そんな風に言わないで……あっ」

ぶるるっと大股開きの腰が震えて、由布子がさらに大きく顔をそむけた。

膣穴から、どろっとしたオツユが垂れ落ちたからだった。

愛液だ。人妻は、恥部をじっくり覗かれて感じているのだ。

「ぬるぬるした液が垂れてきましたよ」

「そんなの……んんっ……い、言わないで……」

「クリトリスはどこですか？」

尋ねると、由布子は切なげに眉をひそめ、つらそうな顔で見つめてくる。

完全に怒っている。

でも、田舎の人妻は優しくて、エロい。

「んっ……こ、ここ……この小さな豆が……ううっ、クリトリスよ。乱暴にしちゃだめなところ……」

「由布子さんが感じるところですね」

「……ああん、知らないわ」

隠すも、大きく脚を広げたままだ。

「感じるところですよね。もっとよく見せてください」

今ならいけるか、と杏一郎は指を伸ばして、由布子のおまんこに触れる。

「あっ、あくぅん……」

上気した美貌が跳ねあがった。

「ああ、こんな感じなんだ……」

指でしっとりしたワレ目に触れる。由布子の腰が震える。

美貌はもう泣きそうで、ボブヘアは汗で頬にへばりついて凄艶だ。

さらに、おまんこを指で押し広げた。

「あんっ……！」

生殖器を直に触れられて、由布子は甘い声を漏らす。

「あ、あんまりイタズラしないで……」

かすれ声で言う由布子は、もう泣きそうな顔だ。だけど、かなり興奮していて、杏一郎が触っているのに咎めることはなかった。

はしたなく脚を広げたまま女性器をいじられて、感じているのだ。

「由布子さん、これ……」

杏一郎は熱いワレ目をねぶって、蜜を人差し指ですくい取る。

「んぅ……」

由布子がそれだけで腰を震わせる。

「これ……はしたないですね、また濡れたんですね……」

再び杏一郎が蜜のついた人差し指を目の前にちらつかせると、人妻はハアハアと熱い息をこぼして、うっすら開けた目ですがるように見つめてくる。

「あンッ……、そうよ……触られると……出てくるの……んっ」

人妻の様子が差し迫ってきていた。

先ほどまで甘い匂いが漂っていたが、今は裸にされて、汗にまみれた淫靡な匂いを発散させている。

もう杏一郎も、まわりの様子など見えなくなっていた。

誰が通るともわからない危険な場所で、その背徳がスリルとなって襲ってくる。もっと濡らそうと、しっとり濡れた柔襞を指でこする。

「んっ、あ……あぅん……あ、秋月くんっ。もう、もうっ……」

終わりにして、と言いかけたらしいが、それでも脚は開いたままだ。

「まだ、ここを見てないですっ」

杏一郎は、上部のクリトリスを指先で弾いた。

「んくぅっ！」

由布子は脚を開いたまま、腰をビクンと跳ねさせる。

「すごい、クリトリスがふるふるしてる」

指先で軽くつまむと、由布子は「あっ、あっ……」と背をのけぞらせて、喘ぎ声を漏らす。

「んぅ……だめっ……あぁっ！　秋月くん、んっ、んぅぅ……」

由布子は「教えてあげる」と言ったときの余裕もなくなり、セクシーに身悶えする。

白昼の草むらの中で、成熟した白い裸体がくねる。

大きなおっぱいは悩ましいほどに、ぷるんっと揺れている。

「ふぅ、あっ、あっ……ねぇ、も、もう……わかったでしょ。女の身体の奥まで教えてあげたわ……だから、もう、終わりに……くぅ……ンンッ！」

再び指でワレ目を上下にこすると、くちゅくちゅと蜜の音が立ちのぼり、由布子は大きくのけぞった。

(終わりなんて言って……いじられて感じている……もう、とろとろだ)

もうガマンできなかった。

杏一郎は無理に押し倒して、由布子のムチムチした太ももをすくいあげつつ、ワレ目に顔を近づける。

「はああんっ」

由布子は美貌をのけぞらせて、今までより一層、女の声を漏らす。

杏一郎の唇が、濡れそぼった人妻の花びらを襲った。

「ううんっ……舐めるなんてっ……ああんっ、そんなこと、ダメよっ……汗たくさんかいてるし、んんうっ」

いやがる由布子を押さえつつ、杏一郎は伸ばした舌で美しいお姉さんの、洗っていない陰唇の味を堪能する。

強い酸味がピリッと舌を刺激する。

しかし、まったくいやな味じゃなく甘露だ。

さらに奥までをほじくるように、ねろり、ねろりと舌を這わすと、

「あっ、んんっ、あんっ、いやっ……秋月くんっ……ああんっ、奥まで、奥までジンジンしちゃうっ、だめぇ……」

草むらの上で、由布子は素っ裸のまま色っぽく腰を浮かす。

心地よい秋の風と、からっと晴れた空気がまとわりつき、外でエッチなことをする開放感に酔いしれる。気分よく、もっと舐めた。

れろっ……れろっ……。

ちゅく、ちゅくっ……。

唇で陰唇をこじ開けたまま舌で膣道まで探れば、また新鮮な蜜があふれて、杏一郎の唇のまわりをぐっしょり濡らす。

「はあああっ……だめぇ……だめぇっ……」

首をのけぞらせ、いやいやする人妻がエロかった。

杏一郎は陰核の包皮を舌で剝き、小さな豆をチュッと吸った。

「ひぃっ！」

人妻の声がひときわ大きくなる。

由布子は唇を嚙みしめつつ、草を握りしめて大きく背を浮かせている。

おっぱいの先が、もうビンビンだ。

杏一郎は再び陰核を吸いながら、ピン立ちの乳首をキュッと指で押しつぶした。

「あっ……ああっ、だめっ……あああ、んんっ……あうんっ……！」

豊かなヒップから太ももにかけての稜線が、ぶるるっと震える。

由布子はギュッと目をつむり、身体をきりきりと強張らせてから、やがて糸が切れたようにぐったりするのだった。

2

（イッ、イッた？　おまんこ舐められて、乳首をつねられて……それだけなのに……なんて感度がいいんだよ……最高の身体じゃないかっ）

愛撫するたびに、ビクン、ビクンと反応してくれる田舎妻の淫猥さに、杏一郎はもう頭の中がピンクになるほど夢中になってしまっていた。

（もう入れたいっ……俺のものにしたいっ……）

焦りながらTシャツを脱ぎ、チノパンとパンツも下ろして、ぐったりしている人妻を見た。

アクメに達してとろんとした由布子の双眸が、秋空を見つめている。

ハア、ハアッと荒い呼吸に合わせて、豊かな乳房がゆっくり上下していた。

おっぱいもそうだが、全身が汗に濡れ光ってぬめっている。ムッチリした脂肪が柔らかそうだ。

もうどうにもとまらない。

杏一郎は由布子の足元に膝を突き、両足を広げさせた。

愛液の滴るワレ目に、張りつめきった切っ先を向けていく。

「ああっ……あ、秋月くんっ、そ、それはっ……」

由布子がはっとして、上体を起こした。

「もうだめなんですっ、由布子さんっ、奥さんの中まで、俺に教えてください」

熟れきった腰のくびれを持つと、しっとりと汗で湿っていて手に馴染む。

もう片方の手で、滾《たぎ》った穂先をワレ目に押し当てる。煮潰したトマトのように、熟れたおまんこが熱い。

勃起を膣口に押し込むと、狭い穴が無理矢理に広がり、男にとってもっとも気持ちのよい敏感な亀頭冠が、ゆっくりと粘膜に包まれていく。

「んくぅっ！」

先をねじ込むと、由布子はのけぞった。

「あんっ、だめっ……こんなに熱くて、大きいのっ……ごりごりって、ああんっ、こ、こんなの……」

由布子はいやいやしながら、強張った顔を見せてくる。

まるで少女が不安にかられているようだ。大きな瞳が濡れきっていて、両手は杏一郎の腕を必死につかんでいる。

「くう……由布子さんの中、熱くてっ、キツイ……チンポがとろけそうっ」

腰を動かしていないのに、人妻の中の媚肉がうねりうねって、奥へと引きずり込んでいく。

「んんっ……あっ、ダメっ……そんな……秋月くん、そんなのダメだから、ね」

拒むものの、それはわずかな時間だけだ。

軽く腰を押しつけるだけで濡れ濡れの膣壁が、キュッと締めつけてきて人妻は、

「ああんっ」

と、甘い歓喜の声を漏らす。

「くうう……ダメッて言っても……由布子さん、おまんこが締めてきてっ……あううう、き、気持ちよすぎるっ……」

開ききった由布子の脚のつけ根を見れば、野太いものが突き刺さって陰毛と陰毛がからみついている。

だめだ、とばかりに突いた。本能的に腰を動かした。

「由布子さんっ、ひとつに……俺とひとつになって……」

「あんっ、だめなのにっ……人妻なのにっ……あんっ、おかしくなるっ」

草むらにぽたぽたと汗の雫《しずく》が落ちる。

由布子の顔を見れば、つらそうに眉を折り曲げて、女の情感をムンムンに漂わせている。

(洋子の……妻とのセックスよりも、何倍も気持ちいいっ)

妻がセックスをいやがるのは、自分が下手くそだからだと自信喪失気味だった。しかし、先日の雪絵しかり、由布子しかり、そこまで下手ということはないんじゃないだろうか?

「はうううっ、おまんこっ……削られちゃううっ……だめっ、だめ……」

キレイなお姉さんの口から淫語が放たれると、それだけで猛烈に滾ってしまう。子どもを産んだ膣道だからか、抜き差しがスムーズなような気がする。これも人妻の醍醐味だと思う。

るのだから)

(田舎に来てよかった。こんなスケベな身体の、キレイなおばさんやお姉さんとヤレ

都会なら、確実に手の届かない女たちだ。

でも、若い男のいない田舎なら、ヤレるのだ。

杏一郎はくびれた腰を両手でつかみ、ググッと根元までを沈み込ませた。

「んぐぅっ! あ、待ってて っ……あんっ……だめっ……んぁ……」

花弁から、しとどな愛液が漏れて、ぐちゅ、ぐちゅと音が鳴る。

「待ってって言われても……由布子さん、おまんこがつかんでくるんですっ。ああ、由布子さんの中、もっと味わわせてっ! 奥まで、いっぱい楽しませてっ」

「ひぐっ、そんなっ……杏一郎くんのものにされちゃうっ。全部、キミのものになんてっ……許せないんだからぁ、あうっ、んんんぅ……」

許せないと言いながらも、由布子は感じまくりだ。

人の妻が快楽によって自分のものに染まっていく。その興奮たるや、もう普通のセックスでは味わえない快美だった。

だめ、なんて言いながらも、奥まで突いたときには気持ちよさそうに顔を跳ねあげて、首に筋ができるほどのけぞり、おっぱいの先をビンビンにふくらませるのだ。

（なんて色っぽい奥さんなんだ……くううっ……や、やばっ、出そうだっ）

そのときだ。

「ま、待って！　お願いっ、とまって……」

下になって、喘いでいた由布子が悲鳴をあげた。

いったん腰をとめる。

「私、もういい……もうだめなのっ、だめになっちゃいそうなのっ」

恥ずかしそうに告白してくる人妻が愛らしかった。

「そうなんですね、うれしいですっ。ああ、だめになってくださいっ。もっと奥まで入れますから」

由布子が泣きそうな顔で見つめてくる。

（か、可愛い……）

だめだ。興奮がとまらなくなってきた。

「ああ、少し休ませて」

「だめです。由布子さんのこの体、恥ずかしい格好にしてじっくり味わってみたいって、ずっと思ってましたから……」

ちょっとSっぽく言うと、カアッと赤くなった由布子は両手で胸を押して、離れようとしてくる。

しかし杏一郎は、一気に当たるところまで貫いた。

「太いの、だめっ、お願いっ……んぁっ、あ、くぅっ……はぅぅぅ……！」

奥までが気持ちよかったのだろう。由布子の背が浮いた。

畑の横で、旦那以外の男にフルヌードにされて貫かれ、白い肢体を快楽に震わせる人妻。

「くうっ、当たってます。先が、切っ先が」

締めつけに加えて、亀頭部がこりこりした硬い粘膜に包まれる。

奥さんの大事な子宮口を感じる。

たまらなくて、杏一郎は柔らかな人妻の肉体を抱きしめる。

汗ばんだ肌と、もっちりした柔らかさ。甘い女の匂いと発情した獣のような性臭が混じって、抱いているだけで昇天しそうだ。

抱きしめながら、もっと欲しいと腰を激しく動かした。

「ああっ！　いやっ……そんなに激しくっ……ああん、ダメッ……私の身体、そんなにじっくり味わわないでっ、ああんっ……」

抱きしめながら、真っ直ぐに見つめた。

「そんなこと言って……くうう、由布子さんも感じてきてるじゃないですかっ」

「か、感じてなんかっ……あっ……あっ……」

口では否定するものの、由布子の腰も動いてきていた。

人妻が欲しがっているのは、彼女の声に、快楽の昂ぶりが混じっていることからもわかる。

清楚で整った顔立ちが、今は乱れてぼうっと視線を彷徨《さまよ》わせている。

つやつやしたボブヘアの前髪は、唇や頬にくっついて、ぞくっとするほどに艶《なま》めかしい。汗の匂いも体臭も芳しい。肉茎が膣道の中でググッとそる。

「んくぅっ！」

膣壁をノックされて、人妻は呻《うめ》く。

「こんなにちょっと、チンポをビクッとさせただけで反応するんですね。可愛いですっ、たまりませんっ」

「いやぁ……遊ばないでっ……んはぁっ……あ、ああっ……私、こんな……こんなことされてっ……んぁっ……年下の子なんて、んっ、くうっ……」

快楽にとろける顔が、色っぽく迫ってくる。

もうだめだった。

限界に近づいてきたのを感じ、杏一郎はさらに粘っこく腰を動かした。

「くうう……ああっ、出そうですっ、ああっ、俺、もう出るっ」

思わず声を漏らすと、受け入れはじめていた由布子が、ハッと睨む。

「それはダメッ！　中には……抜いてっ、秋月くんっ……あんっ、あっ……、だめっ……だめぇっ……」

言いながらも、腰は搾り取ろうと動いている。

田舎の人妻のドスケベな本心だ。しかし、だめと言われたら……。

心の葛藤が、杏一郎のバランスを崩れさせた。

大きくストロークしようと腰を引いたときに、ぬぽっと屹立が膣穴から抜けてしまったのだ。

「あっ……しまっ……くぅううぅ」

しかし、ぎりぎりまできていた射精欲はとまらない。

「あんっ……熱いッ……やんっ」

びゅるっ、びゅっ、と音を立てて、飛沫を人妻の麗《うるわ》しいおっぱいにぶっかけてしまった。

欲望のエキスを出し尽くすと、杏一郎はハアハアと肩で息をしながら、由布子と離れた。

由布子の胸元から腰のあたりまで、白いザーメンが垂れこぼれている。

「……外に出してくれたのね……」

起きあがった由布子は、髪をかきあげながらウフフと笑った。

そんなつもりもなかったのだが、結果的にはよかったのかもしれない。

「気持ちよかったです……いや、よすぎました。ごめんなさい。無理矢理に……」

頭を下げると、由布子は目を細めて見つめてきた。

「私も……こんなに気持ちよくなったこと……」

(え？)

怒られるかと思ったが、由布子の目は潤んでいた。

中出ししなかったことが、よかったらしい。

「すごいいっぱい出たね」

由布子は裸のまま、鞄をごそごそ探して、ポケットティッシュを渡してくれた。

一枚抜き取り、杏一郎はチンポの先を拭う。

「もうひとつあったはずなんだけどな」

由布子は四つん這いになり、こちらに無防備なお尻を突き出すような格好で、鞄のティッシュを探している。

（うおおお……）

すごい光景だった。

視界からハミ出さんばかりの丸々とした巨尻である。

はちきれんばかりに肥大化した肉尻は風船のようにつやつやとして丸く、艶めかしい、深いほど深い尻割れとともに、男の興奮を奮い立たせる。

しかもだ。

その尻割れの奥の陰唇はめくりあがって、内部の赤みをさらけ出している。

愛液でワレ目はひくひくと蠢き、ぐちゃぐちゃになった内部からは、太ももにまでぬらあっと蜜が垂れこぼれている。

出したばかりだというのに、杏一郎の股間はすぐに半勃起し、夢中で人妻の生尻に襲いかかっていた。

「あんっ、秋月くん、ちょっと」

むっちりとしたヒップを両手で撫でつけ、そのさらされた赤身に指を這わす。

「んうっ……」

四つん這いの由布子がビクッとして、背を反らす。

「ひゃん！　だめよっ、イタズラしないでっ、すごく敏感になっているから、私……」

「だって、そんなに無防備にお尻を出されたら、してって言ってるみたいで」

由布子は女豹《めひょう》のポーズのまま、肩越しに後ろを向く。

「なにを言ってるの？　そんなことっ……え……」

人妻が杏一郎の股間を見て、息を呑んだ。

「今、出したばかりなのにっ、嘘でしょ」

「自分でも驚いてるんです。でも、由布子さんのお尻を見てたら、すごくエロくて、挑発的で……」

「挑発なんてっ……ああっ……そんなことしてないわ。えっ……あっ……」

杏一郎は由布子の腰を持って、背後に迫った。

「そのまま、四つん這いでいてください」

言うと、由布子は顔を赤らめて、小さくコクンと頷いた。

（一度繋がったから、もう抵抗する気がなくなったのかな？）

心変わりのワケはわからないが、従順なうちにワンワンスタイルで人妻をバックから貫きたくなった。

肩甲骨《けんこうこつ》の張り出た、滑らかな背中をしていた。くびれた腰からぶわんとデカ尻に広がっていく逆ハート形のラインは、極上のスタイルだ。

(細いのに、このでっかいお尻っ……やっぱり成熟した人妻なんだな。子どもを産むと丸々としたお尻になるっていうけど)

両手でヒップをムニュッとつかみ、切っ先を爛《ただ》れきった膣口に持っていく。

「んっ……秋月くん……」

肩越しに泣きそうな美貌を見せつけてきた。

もう人妻は欲望を隠すのをやめたらしい。

「後ろから、いきますよ、由布子さん」

そう言って、複雑な粘膜の重なり会う熟女のワレ目に押し当てて、一気にズブブと貫いた。

「んくっ……あっ……ああっ……」

ぶるる、と巨尻が震えて、キレイな背が大きく反った。

犬のような格好のまま串刺しにされた衝撃に、美貌が跳ねあがった。

「くううっ……おまんこ、トロトロ……後ろからも……くううっ、こっちも気持ちいいっ」

バック姦は、由布子の締めつけがより厳しい。

四つん這いに服従している惨めな格好の女を貫くのは、凌辱しているような気分が高まり、興奮が増す。可愛い熟女を従わせている、という優越感もすごい。

「はっ……ああっ……大きいっ……もう、秋月くんに、いっぱいにされちゃってるっ……ああっ……ああんっ……」

「す、すごいっ、吸いついてきますよ。欲しそうに搾ってくる」

「いやんっ、そ、そんなことしてないっ……はうんっ、ん、くぅぅ……」

お尻をつかんで腰をぶつけると、粘性の高い愛液がこぼれて、結合部をびっしょり濡らす。丸い尻からグロテスクな肉竿が、尻尾のように出入りしている図は、なんとも淫らがましい。

「んんっ……あんっ……あんっ……ああんっ……ああンッ」

いよいよ由布子の声に切実な音色が混ざってくる。

腰を持って、もっと思い切り貫いた。

ばすっ、ばすっ。

ぬちゅ、ぬちゅ。

尻と下腹部の当たる打擲《ちょうちゃく》音に、愛液が飛び散る音が混じる。畑という開放感のある場所でのセックスがたまらない。

「はああっ……ああんっ、秋月くんっ……」

由布子が肩越しにこちらを向いた。眉間に悩ましい縦ジワを刻んだ色っぽい表情ですがるように見つめてくる。

「どうしたんですか」

言いながら、さらに大きくパチンッと腰を入れる。

「んあっ……！　ああんっ……お願いっ……もう、もう……イッちゃいそうなのっ……すごく気持ちよくて……だめなのにっ……」

「バックも感じるんですね」

「ああんっ、んっ、そこっ……あふっ、だめっ……私、だめになるっ、おまんこ、すごく感じちゃってるっ……」

自ら淫語を口走ってしまったのが恥ずかしいのだろう。キュッ、キュッと膣が締まる。

(こっちは一度出したから、ちょっとだけ余裕がある。よおし)

くびれた腰をつかみ、ばすん、ばすんとヒップに腰をぶつけてやる。

「感じますか、奥まで、ごりごりって……もっと奥まで、由布子さんの身体をたっぷり味わっちゃいますよ」

「ああんっ、いいっ……いいわっ……味わって……たっぷり楽しんでっ……だから、お願いっ、秋月くんがイッてっ……先にイッてっ……私を淫らにさせないでぇ……」

そう叫びつつ、由布子は恥を捨てたのか、犬の格好で尻を振りたくってきた。

「くうう、気持ちいいですっ……ああっ、ゆ、由布子さんっ」

杏一郎は入れながら前傾した。

由布子が肩越しに顔を近づけてくる。

ちょっとつらい体勢だが、なんとか唇が届いた。口を塞ぐと、すぐに由布子の舌が入ってきた。

（う、うわっ……こんなに積極的にベロチューしてくるなんてっ）

ねちゃねちゃと音を立てるほど舌をからませる。

ベロチューしながらのセックス。

（上も下も繋がったままって、こんなに気持ちいいんだっ）

キスをすると、由布子も興奮が増すのだろう。

チンポが媚肉に熱く包まれて、もっと強烈に根元を締めつけてきた。

「うはっ……た、たまりませんっ……もうっ、もう……ああっ、由布子さんっ、締めつけすごいっ……おまんこから抜けないっ」

キスをほどいても、由布子の収縮はすごすぎた。

「ああんっ、秋月くんっ……お願いっ、早くイッて……いいのっ、そのままでいいから。じゃないと、私、んぁ……あふっ、あくう、ああんっ……」

由布子が四つん這いのまま、おねだりしてくる。

もう中に出してもいいというくらい、感じまくっているのだ。そこまでさせて誇らしい気分になった。

「あ、ああっ……いいんですねっ……あうっ、俺、もう……」

「んぁっ！　あっあっ……だめっ……ん、くぅ……ああ、そんなに奥までっ、これ、こんなの初めてっ、こんなに感じちゃうの初めてっ！　ああんっ、イク……イカされちゃうっ……あっ、ああん、秋月くぅんっ……」

ワンワンスタイルの可愛い熟女が、大きすぎるお尻をふって身悶えている。

「初めて」ということは……旦那にも見せない淫らな姿なのだろう。

(こんな可愛い人妻を、旦那よりも感じさせて、俺だけのものにしてやった)

優越感と興奮が、チンポの先に宿っていく。

「ぐっ……ああっ、もう出そうっ……」

「あんっ、いいわ……中に出してっ……」

「いいんですかっ」

「いいの……今日は、いいのっ……」

先ほどは中出しを拒んだのに……それだけ身体が昂ぶっているんだろう。言われて突いた。

何度か突いて、深いところまで押し込んだときだった。

「おおおっ、出るっ……出ますっ、子宮の奥に、くうう」

どくっ、どくっ……二発目とは思えぬ凄まじい射精の衝撃が、身体中を貫いた。膣奥に向かって熱いエキスを注ぎ込む。あまりの気持ちよさに頭の中が真っ白になる。

射精した瞬間、由布子もガクガクと腰を震わせた。

「あんっ、熱いっ……身体の奥までっ……だめっ、もうだめっ……イ、イクゥゥ……」

アクメに達したのだろう。膣痙攣かと思うほどに中が震え、女の本能なのか精液を搾り取ろうと収縮する。

ようやく長い射精が終わり、チンポを抜く。

彼女は疲れて腕で支えられなくなったのか、お尻だけを掲げた格好のまま、息を荒げていた。

どろっとした白いザーメンが、尻奥から流れるのを見て心がざわめいた。してもらうのもよかったが、由布子をこちらから追いつめたということが、男としての自信になったように思えた。

3

少しずつ、田舎の生活にも慣れてきている気がする。

リストラ候補筆頭。

東京に残した妻との関係もうまくいってない。

すさんだ三十歳ではあるが、救われたのは「田舎の人妻」という癒やしである。

田舎の人妻は、素朴ですれたところがなくて実に可愛い。

しかも情に厚くて、杏一郎の境遇に同情してくれる。都会の女はスレてるなあ、と杏一郎は改めて思った。

そんなことを考えながら、杏一郎は勤め帰りに自転車を置いて、近所の小さなスーパーに寄った。最近、ほぼ毎日のように寄っている。

そのスーパーはコンビニほどの大きさで、店長と地元の奥さんふたりがパートで働いている。品揃えはお世辞にもいいとは言えないが、地元で採れた新鮮な野菜などはとんでもなく安いので重宝していた。

（あれ？　今日はいないのかな……）

棚の上から顔を出す。

いつものエプロンをつけたおばさんが、ひとりでレジに立っている。

もうひとりの若い奥さん、七瀬美咲《ななせみさき》が見当たらない。

（なんだ……いないなら、雪絵さんのところで食べてくればよかった）

杏一郎がスーパーに寄っている一番の理由は、彼女である。

二十四歳の若奥さんなのだが、これがまた実に可愛らしい。

しかも杏一郎が東京から来たということで、都会に憧れる気持ちがあるのか、杏一郎を妙にキラキラした目で見るのである。これが気持ちいいのだ。

なついてくるので、こちらも「美咲ちゃん」と呼んで話していると、なんだか甘酸っぱい気持ちになるのである。人妻だけど。

美咲がいないなら、長居の必要もない。

適当なカップラーメンを買い物かごに入れて、買って帰ろうと思ったときだ。

いきなり背後から、誰かに横腹をつつかれた。

不意を突かれ、思わず「ひゃあ」と情けない声を出してしまう。

振り向くと、美咲がお腹をかかえて笑っている。

「ひゃあ、だって……ずいぶんと、カワイイ声を出すんですね、杏一郎くんって。ひゃあ、だって……きゃはははは！」

とにかく明るくて、いつもちょっかいを出してくる。

杏一郎は彼女より六つも年上なのだが、なぜか同世代と思われて舐められている。だけど、可愛いので憎めない。

栗色がかったショートボブが似合う小さな丸顔で、くりくりした目が愛らしい。

小柄で童顔だから、最初は大学生のアルバイトかと思った。

だが話すうちに二十四歳の人妻であることがわかり、それを聞いた途端に、なんだか妙な色気を感じるようになった。

「あのなあ……誰だって、そういう声出すってば。いつも言ってるけどさ、一応、客と従業員でしょうに」

「あー、またカップラーメンとか買ってるんですね」

美咲は杏一郎の言うことなど無視し、買い物かごを見て大きな目で睨んできた。

「いや、だって面倒臭いし……」

そう言うと、また美咲はギュッと脇腹を指で押してくる。

「おい、ちょっと痛いよ」

「なんか三十歳にしては、脂肪が多くないですか？　そういうものばっかり食べてるから……もっと食生活に気を使いなさい。わかった？」

「……はいはい、わかったよ」

「あんまりわかってなさそう。じゃあ、作りに行ってあげようかなっ」

「えっ、ええ……」

からかわれているとわかっても、キラキラした目で見つめられると、妙に照れくさくて、思わず目線を下に持っていってしまう。

緑のエプロンの胸元が、悩ましい丸みを見せている。腰はつかめそうなほど細く、ミニスカートから伸びる生足はスラリとしていて、いかにも今どきの女性といった感じでプロポーションが抜群なのだ。

あ、見過ぎた。と思ったときには、美咲が大きな目を細めていた。

「あっ、今、私のおっぱいとか脚を見たでしょう。ああ、そうか、作りに行くって言っちゃったから、どうやって襲おうか考えてたわけですねぇ……うわーっ！　信じられない」

「い、いや……おいおい」

唯一困ったことといったら、下ネタ風な言動が多いことぐらいか。しかも、逆セクハラというべきもので、ずっとスケベ男扱いされている。

そんな中、美咲がふと、「あっ」と声をあげる。

「ああ、そうだ。ちょうどよかった。今、店長がいなくて。ちょっと手伝ってくれませんか？　後ろの棚から、荷物下ろしたいの」

「は？」

唐突な頼みごとに、「仕事終わりで疲れてるんだが」と言おうとしたら、美咲はお構いなしにエプロンを外し、関係者以外立ち入り禁止のドアに向かっていく。

デニムのミニスカートのお尻がキュッと小気味よくあがっている……と視線が吸い寄せられるが、背中に視線をやれば、さらにドキッとしてしまった。

彼女は白いブラウスを着ていたのだが、背中に浮き出たブラジャーの色が、柄物の派手な色だったのだ。

（えっ？　もしかしたら……ヒョウ柄じゃないか？）

黄色地に黒の斑点がぼんやりと透けて見える。

間違いない、ワイルドなアニマル柄のブラジャーを、この可愛い若奥さんは身につけているのだ。

(ヒ、ヒョウ柄のブラジャーって、美咲ちゃん……大胆すぎるだろ)

いくら田舎で若い子はそうそういないからって、ヒョウ柄の透けブラをしたパートの奥さんってのは、いやらしすぎないか？

杏一郎はドギマギしながら、美咲の後ろについていって店の倉庫に入る。

「この缶ジュースを補充したいんですよね」

積みあげられた段ボールの上を、美咲が指差した。

と同時に、杏一郎は「あっ」と美咲の胸元を見てしまった。

エプロンを取り去った下のブラウスの、ボタンが上からふたつ外れていた。

開いた胸元から、ヒョウ柄のブラに包まれた小ぶりで張りのある乳房が、ちらちら見えていたのだ。

まるで威嚇《いかく》するようなエロすぎる光景に、杏一郎は慌てて目を逸らす。

すると、美咲がニタッとして、

「きゃはは。真っ赤ですよ、杏一郎くん。ブラジャー見て、真っ赤になるなんてアラサーのいい大人が……」

どうやらわざとからかうために、ボタンを外して、自らブラジャーを見せてきたらしい。

(なんなんだ、いったい……この子は……?)

その小悪魔っぷりに戸惑いつつ、杏一郎は真面目な顔をする。

「か、からかうなよ、ねえ、美咲ちゃんっ。手伝って欲しいんだろ」

「そうですよ。ちょっと押さえていて欲しいんです」

と、美咲は脚立《きやたつ》を持ってきてステップに乗った。

「いや……おい……俺が取るよ」

美咲はウフフと含み笑いをして、

「どうしてですか?」

と訊いてくる。

そんなことは丸わかりだった。

「だって……その……短いスカートさ……下から見えるだろ……」

「あはは、エッチっ。見ようと思わなければ、見えないでしょ」

うっ、と言葉につまった。

確かにその通りだった。

美咲がひょいひょい、と脚立を登っていく。杏一郎は咄嗟《とっさ》に脚立を両手で押さえてしまった。

目の前に二十四歳の弾けんばかりに眩《まぶ》しい白い足が、ニュッと伸びている。

かなりのミニ丈なので、ムッチリした太ももがほとんどつけ根から見えてしまっている。

少しでも上を向けば、ミニスカートの中が見えてしまうだろう。

ブラがヒョウ柄ならば、多分パンティもヒョウ柄に違いない。

クリッとした目の可愛い人妻の、派手なパンティというのは想像するだけで興奮してしまう。

(み、見たいっ……いや……しかし、罠だ)

もし見てしまったら、あとで何を言われるかわからない。

必死にこらえていたときだ。

「あっ！」

美咲が脚立の上で、驚いた声をあげた。

本能的に上を見てしまった。

（う、うわっ）

信じられない刺激的な光景だった。

スカートの奥に、若妻の恥ずかしい秘部を包む、ヒョウ柄のパンティがもろに見えた。

慌てて目を逸らすも、上から「あははは」と笑い声がする。

「見ましたね、私のパンツ……あー、ホントにスケべっ……杏一郎くん、もしかして童貞ですか。三十歳なのに」

ジュースの缶を持って下に降りてきてから、美咲がからかう。

さすがにムッとした。

「そんなわけないだろっ、結婚してるんだぞ……襲うぞ」

「あはは、ムリムリ」

笑われたときに、背後でガチャンと大きな音がした。

振り向けば、つっかえ棒をしていたはずのドアが閉められていた。

棒が外れたらしい。

「……あ、閉まっちゃった」

美咲がふいに口にした言葉に、杏一郎は妙な興奮を覚えた。

裸電球ひとつの密室……しかも棚の奥に隠れれば、ドアが開いてもふたりの姿は見えないだろう。

杏一郎は美咲を見つめる。

美咲は今までの、フンと鼻をそらした生意気そうな感じではなく、なんだか落ち着かない様子だった。

ふたりっきりということを意識しているのは間違いない。

（いや、だめだ。これでもこの子、人妻だぞ……）

と思ったのだが、ちょっとだけ、からかってみようという気になる。

（一応、三十歳の男なんだぜ）

そういう思いで腕をつかんで引き寄せると、思いのほか、美咲の身体の力が抜けていた。しかし、彼女は見あげてジロッと目を剝くと、

「……まさか、ここで襲うつもりじゃないでしょうね、杏一郎くん」

「なんかさっきまでの威勢のよさと、全然違くない？」

ぐいと抱くと、

「あンッ……ダメです」

と、いきなり二十四歳の若妻の、子どもっぽいところが見えてきた。先ほどまで見

せていた小悪魔風なところがなりを潜めて、顔を真っ赤にしている。

甘い匂いが漂ってきた。

ブラウスの胸元から見える白いバストの谷間、ヒョウ柄の下着……。

抱きしめると華奢なのだが、おっぱいの弾力が凄まじかった。

ムチムチとして、張りつめているような若い肉体の感触に、股間が滾ってしまう。

(二十四歳はまずい……しかも人妻だ……)

と思うのだが、この可愛らしさと生意気さが、理性をガラガラと崩していく。

「童貞だと本気で思ってた?」

耳元で言うと、若妻はクリッとした目を見開いて、ふるふると顔を横に振る。

「じゃあ、からかってたわけだ」

杏一郎は強気で言いながら、美咲の首筋に唇を寄せた。

「あっ……ンンッ」

美咲の身体がビクッとして強張る。

「だ、だめっ……杏一郎くんっ、だめです」

と、言うわりには、抵抗はおざなりだった。ドクドクと心臓が強く脈を打ち、ハア
ハアと息が荒くなってしまう。

「襲われても、いいって言ってたのに？」

杏一郎が耳元で言うと、

「そ、そんなこと……だって……」

いつものぱっちりした大きな目が、今は少し気怠《けだる》そうに、とろんとした目つきで見つめてきている。

（くうう……可愛いのに、なんかエロいな……それにこのすらっとした身体……たまらないっ）

股間がずきずきしている。

ブラウスのボタンに手をかける。

「あっ……だめっ……」

弱々しくイヤイヤするのが、たまらなくそそる。恥ずかしそうに目の下がねっとり赤らんで、瞳がうるうると潤んでいる。

（なんだ、経験は少ないのか……）

強がっていたのかとわかって、可愛らしさが余計に感じられる。

美咲の身体を棚に押しつけて、ブラウスの前を大きくはだけると、ヒョウ柄のブラジャーに包まれた小ぶりな乳房が露わになる。

小ぶりといっても、男の手のひらに収まるくらいで、小柄で可愛い美咲によく似合っていて、ちょうどいいサイズだ。

杏一郎は息を呑み、ブラジャーのカップごと乳房を揉みしだきつつ、美咲の顔に己《おのれ》の顔を寄せていく。

「ああ、だめっ……やめてくだ……ンンッ」

やめてくれと言ったわりに、美咲のほうからキスをしてきたので、杏一郎は驚いてしまった。

(嘘だろ……フリだけのつもりだったのに……)

でも、キスしている。

ぷっくりした唇の感触と、甘く温かい息を感じる。

彼女はやはり拒まない。両手を胸の前に入れてはいるものの押し返すようなことをしないし、唇をほどくような動きもない。

ただぎこちなく、なすがままになっている。

キスしながら目を開ければ、うっとりした表情で、長い睫毛《まつげ》をぴくぴくと震わせている。

(やばい……可愛い……)

興奮しつつ、舌で唇を舐めると、くすぐったいのか引き結んでいた口が開いた。すかさず舌を入れて、口の中を舐めまわしていると、美咲のねっとりした舌がからみついてきた。

（ああ……やっぱり、したいんだな……）

「ン……ンンッ……」

美咲は苦しげに喘ぎながらも舌を伸ばして、ネチネチと唾液の音を立てて舌を動かしている。拙《つたな》い動きが、生意気そうな顔に似合わず、実にいい。

若妻とディープキスに興じていると、ますます分身がズボンの股間を押しあげてくる。

杏一郎はキスをほどくと、美咲のブラウスの背に手を入れて、ブラのホックを外そうとする。

「あんっ……やっぱりダメ、こんなところで……」

「嘘ばっかり、美咲ちゃんも嫌いじゃないんだろ。だから、こんな暗がりで、下着を見せて挑発して……」

「言わないでっ、杏一郎くんのいじわるっ……だって、だって……」

「だって、なに……？　その先が聞きたいな」

ホックを外して緩んだブラカップを押しあげる。

プルンと張りのあるおっぱいが剝き出しになった。静脈が透けて見えるほど乳肉が白く、瑞々《みずみず》しく張りつめている。

全体が上向いている美乳で、小さな乳首は透き通るようなピンクだった。

(おおっ……)

人妻とは思えぬ愛らしい乳首に昂ぶりつつ、指でくりくりといじくれば、

「あっ……あっ……いやっ……」

と、ウブな戸惑い顔を見せてくる。

「どうしてだっけ？　ホントはこういうところでされるのが好きなんだろ、だから……」

「ち、違うっ……違わないけど、違うっ」

「なんだい、それ？」

美咲は濡れた目で見つめてきていた。

(絶対に、したいと思ってるだろ……これ)

なんだか追いつめたくなってしまい、両のおっぱいを下からぐいぐいと揉み込み、指を柔肌にめりこませて、好き放題に捏《こ》ねまわす。

見るとムクムク尖りを見せる先端を、指でぐいっとつまんで引っ張った。

「あああ……や、やめて……だめっ、もう戻らないと、お客さんが来ちゃう」

恥ずかしいのか、小声で抗議して身をよじる。

だが、愛撫されて力が入らないのか、腰を左右に振るだけだ。

「おばさんがやってくれてるよ。人手が足らなかったら、呼びに来るだろ」

簡単にはやめたくなかった。

杏一郎は小ぶりの乳房に吸いついて、チュッ、チュッと硬くなった乳頭にキスをすると、

「ああっ……あんっ……そんな風にされたら……」

「ガマンできなくなってきたんだろ」

「そんなこと……ないですっ……ああっ……」

乳首を刺激するたびに、ビクッとして、棚に寄りかかった女体がひくついた。

小生意気な人妻の目の下が、ねっとりと赤らんでいく。

艶めかしい表情でこちらをジッと見つめてくるその表情が、「もっとイジメて」と言っているように見えてしまう。

「フフ、そんな声出したら、聞こえちゃうよ」

「だって……だって……ああ、お願いっ、優しくしてっ……」

濡れた瞳で見つめてくる。

（言った。やっぱり、したかったんだ。でも、いきなりなんで……）

不思議だったが、しかしヤリたいという気持ちが高まり、そんな疑問はどうでもよくなった。

杏一郎は美咲の硬くなったピンクの乳首を、キュッとつねった。

「あああ……ッ……ンンッ」

美咲の口から大きな声が漏れ、慌てて自分の両手で口を覆う。

「やっぱり感じてるね。声を出しちゃダメだよ」

棚に押しつけながら、首筋からおっぱいへと舌で舐めていくと、彼女は足をガクガクさせて身震いする。

両手で口を覆い、ふーっ、ふーっと苦しげに息をこぼしているのが、なんとも健気で愛らしい。

「ヒョウ柄なんか穿いて、大人っぽく見せてからかおうとしたんだろう？　じゃあ、大人らしいこと、教えてあげるよ」

片手で乳房を揉み揉みしながら、もう片方の手を下ろしていき、デニムのミニスカートの中に忍び込ませる。

「ンンッ……」

美咲が泣きそうな顔で首を振る。

（それ以上はだめっ……）

と言っているみたいで、余計に興奮が募っていく。

スカートの中は淫らな熱気を帯びていて、太ももも汗ばんでしっとりしている。

内ももに手を滑らせると、美咲がびくっとして、その手を締めつけてきて、侵入を拒もうとする。

だが、その前に杏一郎の右手は太もものあわいに入り込み、パンティの表面に触れていた。

すべすべしたナイロン地のパンティの基底部に指を押し当てる。

そこはすでに湿っていて、指をぐにゅっと押し込むと、

「ああっ……！」

美咲はまた、女の声を漏らしてしまい、ハッとして再び口を手で押さえる。

しかし、杏一郎の右手が中心の窪みを縦になぞり、湿った基底部を愛撫していくと、
内ももがピクピクと震えて、下腹部がいやらしくうねって、口を押さえられないほど

感じてしまう。

「あっ……あっ……だめ、だめです」

美咲が手をずらし、小声で抵抗の意を訴えてきても、杏一郎はやめずにパンティのクロッチをゆったり撫でさする。

「くぅぅ……ううっ……ああんっ……」

しばらくすると、基底部がそれとわかるほど、ぬらついてきた。

愛液が沁み出してきているのだ。

美咲の表情も、眉を歪めて今にも泣き出しそうなものに変わっている。

(このまま、もっとだ)

じりじりと圧迫する太ももの肉のしなりを感じながら、強引にパンティの横から指を忍び込ませていく。

柔らかな繊毛の下に指を届かせると、

「ングッ……」

美咲が両手で自分の口をギュッと塞ぎ、思い切り顔を跳ねあげた。

クチュ、と湿った音がして指が溝に触れた。

「ンッ……ンンッ」

片手を外した美咲が、杏一郎の右手を押さえつけてくる。

だがそれにかまわずに、指をぬらついた場所にのばすと、ぬるぬるした蜜がまとわりついてくる。

「もう、ぬるぬるしてるじゃないか、ほら、ここ……」

耳元で囁く。

美咲は片手で口を塞ぎながら、それは違うという風に首を振る。

(こんなに濡らしてるんだ。美咲ちゃんのほうから、おねだりさせたい)

生意気な人妻に、欲しいと言わせてみたくなった。

杏一郎はパンティの中に入れた中指を鉤《かぎ》状に曲げて力を込める。指が濡れた膣口に滑り込んでいき、やけに温かな肉を探ると、

「くうう……！」

と、美咲が懸命に声を抑えながら、腰をガクガクと震わせる。身体が強張り、ギュッと閉じられていた太ももも、力が入らないのか緩みはじめる。

「ここに、指じゃないものが欲しいんだろう？」

耳元で言うと、美咲はイヤイヤして、

「そんなこと……あぅぅ……」

「どんどんあふれてくるぞ、わかるだろ」

杏一郎は、美咲の脚の間に突っ込んだ手指で、パンティの奥の媚肉をいじくっていく。中指を膣に突き入れて抜き差しすると、ぐちゅぐちゅといやらしい音が倉庫に響く。

「んんっ……！」

美咲が、

《いやっ……！》

という感じで、口を塞ぎながら顔をそむけた。

だが次第に中指を奥まで届かせて、前後にストロークさせると、

「ン……ンン……」

と苦しげに鼻で呼吸しながらも、腰をじりじりと横揺れさせてくる。

誰かが入ってくるかもしれない倉庫の中で、二十四歳の可愛い人妻は確実に感じてきている。

その証拠に中指をスムーズに出し入れできていた膣が、キュッ、キュッと締めつけてきている。中が欲しがっているのだ。

「ん、んんっ……んんっ……」

美咲が立ったまま、ギュッと目をつむった。

足がガクガクと震えている。

片手は必死に口を押さえ、もう片方の手は棚をつかんで倒れないように身体を支えている。

もうパンティの中はぐっしょりで、太ももまで愛液で濡らしている。

ハアハアと荒い息づかいをしながら、ついには腰をせり出して、徐々に人妻のいやらしさを見せつけてきた。

「すごいな、腰が動いてる」

中指で攪拌しながら囁くと、美咲は大きくてくりっとした目で見あげてきた。

眉をハの字にして、丸い目を細めてきている。うるうるした瞳がぼうっとかすみがかって、なにかにすがるような眼差しだ。

（もうイキたい……イカせて……）

表情がそんな風に訴えているように見えて、杏一郎の股間はグーンといきり立つ。

「イキそうなのかい？」

訊くと、美咲はつらそうな顔をして、口を押さえたまま静かに頷いた。

可愛らしい美貌はもう真っ赤に染まり、ショートヘアの後《おく》れ毛が汗でうなじにへばりついている。

(手マンでイクのか……こんな場所で……誰かが来るかもしれない倉庫なんかで)

いや、スリルがあるからこそ、余計に感じているのかもしれない。

杏一郎はさらに指の抽送《ちゅうそう》を激しくし、ぐっと奥まで中指を届かせる。

ふくらみがあって、それをこりこりと指腹で触ると、

「ン……んぐぐ……ッ！」

いったん大きな目を見開いて、顎をそらした美咲は、棚に身体を預けた状態でガクガクと全身を震わせる。膣肉がギュッと中指を食いしめてくる。

感じているのだろう。美咲の目がふっと閉じて、腰だけがいやらしく動いていた。

「イッ、イッた……？」

それには答えずに、美咲は杏一郎にしがみつくようにしてから、ゆっくりと脱力していくのだった。

4

ようやく指を抜いて、そのぬめ光る中指を美咲の眼前につきつけてやる。

「美咲ちゃんのいやらしい汁でぐっしょり。パンティの中もすごいことになってる」

「い、いやっ……！　ああんっ、いやだって言ったのに……なんなんですか……ちょっと、からかっただけじゃない。それなのに……指でなんてっ」

怒った口調だが、しかし見つめてくる瞳はねっとり潤んでいた。

指でアクメに押しあげられて、ますます欲望が高まっているようだった。

（こっちも限界だ……）

杏一郎はベルトを外し、ファスナーを下げて屹立を取り出した。

赤黒いペニスはガチガチになって上を向き、先端は先走りの汁でぬらぬらと光っている。

美咲はハッとした顔をして、イチモツを見てから杏一郎の顔を見た。

だがもう抵抗はしなかった。

自分がこれからなにをされるのかわかっている。

いや、むしろ身体が求めているような目つきだった。

「下着を下ろして、棚に手をついて……こちらにお尻を向けて」

命令すると、美咲は「ああ……」と叫びを漏らしつつ、幼さの残る顔を羞恥に染めて、デニムのミニスカートの中に手を入れる。

そして恥じらいながらも、濡れきったパンティを下ろして爪先から抜いていく。

「あンッ……もう……恥ずかしいのにっ」

美咲は何度か顔を振ってから、おずおずと両手を棚について、デニムスカートのヒップを突き出してくる。

かなりのミニスカだから前に屈んだだけで、双尻の下の丸みがちらりと見える。

(おうう……)

美咲の深い尻割れから、ぬらぬらした蜜が垂れこぼれている。

両脚を肩幅に広げているから、尻奥のぬらつく薄紅色の内部がはっきり見えた。

杏一郎は尻を突き出した美咲の背後にまわり、スカートをめくる。

ぷりっとしたヒップが丸出しになる。

そうして自らいきり立ちをつかみ、のしかかるようにして切っ先を奥まで、埋め込んでいく。

「アアアッ……!」

美咲は顔をのけぞらせて、再び片手で口を覆う。

はだけたブラウスを抜き取ってやり、ぐっと体重をかけると、バックから勃起が完全に嵌《は》まっていく。

「ンンンン……」

ぐぐっと背中がアーチを描き、奥まで届いたものを味わうかのように、美咲の腰がぶるぶると震える。

(ああ、つ、つながった……)

人妻は、旦那以外のペニスを受け入れたのだ。

罪悪感が募るが、この感動を前にしてはどうしようもない。

濡れきった媚肉の気持ちよさはもちろん、この可愛い奥さんを自分のものにしたという悦《よろこ》びが大きい。

たまらなかった。

杏一郎は美咲の腰をつかみ、一気に腰を送っていく。

「あンッ……ンッ……ンンッ……」

片手で口を押さえながら、必死に喘ぎ声をこらえているようだが、それでも甘い声が漏れてしまう。

「おうう……す、すごいっ……締まってる」

美咲の尻を持ちながら、そのキュンと締まるおまんこの余韻を噛みしめる。

「あンンッ……こ、声、出ちゃう……」

もう口を塞ぐこともできなくなったようで、美咲が切なそうに叫んだ。

「いいよ、出して……いいんだろ？」

杏一郎は言いながら、連続で腰を突き入れる。

彼女のヒップが、パンッ、パンッと乾いた打擲音を奏《かな》でていく。

「はああんっ……ああっ……もうッ……もう……ああっ」

美咲が肩越しに見つめてきた。今にも泣き出しそうな表情だ。

だがその双眸には、欲情しきった色が浮かんでいる。

声を出してはいけないという、この異常な状況に、美咲は興奮しているらしい。

もっと、もっとくださいとばかりに、尻を突き出して、自ら感じる部分に切っ先を押し当てようとしている。

「欲しいんだな。ほら、もっとだ」

こちらも興奮しきって、腰の抽送を速めていく。

両手を前に出して乳房を揉みしだき、痛ましいほど尖った乳首を指でつまんで、くりくりっとねじる。

そうしながら、がむしゃらに突いた。

美咲の口からハアハアと激しい息が漏れ、顔が真っ赤に染まる。

「ああんっ、だめっ……そんなにしたらっ……ああっ、イッちゃう……ああんっ、イッちゃうからあ……」

そんな言葉を聞くと、もっと追いつめたくなってしまう。

「いいよ、イッていいよ。もっと奥まで犯してあげる」

杏一郎は力強く腰を使い、一気に叩き込んでいく。

「あぅぅ！　イクッ……イッちゃううう……ああんっ、あああっ」

瑞々しい女体が大きくのけぞった。

肩越しに見つめてきた美咲は、それでも懸命に声を抑えながら、昇りつめていく。

突き出した尻が、ぶるるっと震えて、狭い膣穴がキュッとペニスをしぼっていく。

「くうう、おおっ……こっちも出るぞ……おおっ……」

射精前に感じるあの陶酔が、全身を駆け抜けていく。

もうとめることなんてできなくて、一気にビュッ、ビュッと美咲の中に注ぎ込み、
杏一郎は愉悦に全身を震わせる。

「ああんっ、熱いっ……あんっ……いっぱい……あああんっ……」

熱い精液を注ぎ込まれているのを感じた美咲が、さらに吠えた。

ツンとした匂いが、美咲の尻奥から漂ってきた。

「あんっ……杏一郎くんっ……ああんっ、ホントに襲われるなんて……」

肉棒を抜いて、ハアハアと息をしていると美咲が抱きついてきた。

「よかった……ずっと、狙ってたんだもん。今日なら店長もしないし、おばさんだけだから、倉庫には来ないだろうって」

「ええ？」

驚くと、美咲がイタズラっぽい笑みを漏らした。

「な、なんで……俺なの……」

訊くと、美咲は「あはは」と笑った。

「だって、杏一郎くん、おばさんとばっかりずるいです。私もセックスレスなのに……して欲しかったんだもん」

「えええ？」

今度は驚くよりも呆気にとられた。

どうやら田舎の人妻たちは、みな繋がっているようで、背筋がゾッと寒くなった。

第四章　未亡人の艶めく乳肌

1

赤とんぼが飛びまわるようになってきた。

本格的な田舎の秋である。

日差しはまだ強いものの、秋の風は心地よく、過ごしやすい日々であった。

（なんか慣れてきたよなあ……）

左遷されて、何もない田舎町の風景をはじめて見たときは、絶望で頭が真っ暗になった。

仕事も管理とは名ばかりで、新しいリゾート宅地の見まわりくらいだ。

おそらくこの宅地が売りに出される頃には、リストラだろう。

しかもである。

東京に残した妻とは滅多に連絡を交わさなくなった。

仕事が忙しいらしいのだ。

今は必要最低限の連絡として、メールがたまにくるだけである。

仕事もプライベートもどん底を経験しながらも、それでも楽しい日々を送れているのは、田舎の人妻たちのおかげだった。

憂き目にあった代わりに女運が向いてきたのか。

それとも田舎の人妻たちの欲求不満解消としては、ちょうどいい人間だったのか。

わからない。

だけど、とにかくこの土地が好きになってきたのは確かだった。


「なあに、ニタニタしてるの」

パソコンの画面から視線をあげると、主任の掛川穂花が腕組みをして睨んでいた。

「い、いえ……」

杏一郎は慌ててパソコン画面を見て、メールを開いた。

(別に、ニタニタしててもいいじゃないか……)

宅地管理事務所といっても、所長の米川と主任の穂花、そして杏一郎の三人だけなので、緩くやったっていいと思うのだが、相変わらず穂花は杏一郎に手厳しい。

無視したくもなるのだが、しかし穂花は厳しいだけでなく、かなりの美人なので杏一郎としては無碍にしにくいところがある。

長いさらさらのストレートヘアに、眼鏡の奥の切れ長の目が涼やかで、目鼻立ちもくっきりして、とても田舎の未亡人には思えない女っぷりなのである。

(しかも、このプロポーションがなあ……)

今日の穂花は珍しくニットなのだが、このニットの破壊力が凄まじかった。

身体にタイトフィットしているVネックニットなので、たわわなバストの丸みがくっきりと浮き立ってしまっている。

下はグレーのタイトミニスカートで、すらりとした美脚にドキッとする。

後ろを向けば、スカートの布地を破かんばかりの、ぷりっとした丸いヒップラインが楽しめる。

(三十二歳の未亡人で、スタイルもルックスも抜群で、仕事もできる美女。ああ、一度お相手したいよ……)

と思うが、まあそんなことは絶対にありえないし、もし万が一、いや、億が一にもあったとしても「下手くそ」と罵られることだろう。

そんなことを思っていたら、珍しく穂花が隣に来て、空いていた椅子に座った。

「ねえ、秋月くん……あなた、もっと仕事、できるわよね」

いきなり言われて、杏一郎の頭に「？」マークがついた。

「な、なんのことでしょう？」

「もっと一生懸命にやれば、ここに左遷されなかったし、ううん……今からでも、ちょっと頑張れば、ここにいなくてもいいんじゃないのかしら」

真顔で言ってくるのだが、しかし、穂花のスカートから伸びる美脚に思わず目を奪われた。

（ううっ……キレイな脚だよな……）

椅子に深く腰掛けているから、タイトスカートはズリあがって、白い太ももが半ば近くまで露わになっていた。

「なんでそんなこと言うかっていうとね……わかるのよ。あなたの仕事のやり方を見ているとね………」

話に夢中になっていた穂花は、杏一郎の目の前で大胆に脚を組み替えた。

その瞬間にタイトミニスカートの奥の、パンティストッキング越しの白がチラリと覗けた。

（い、今、見えた……パンティ……穂花さんのパンティだっ！）

隙のないような知的な女性が見せたパンチラだけに、興奮もひとしおだった。

もう話も耳に入ってこない、組んだ足の隙間から白パンティが見えているのだ。

と、そのとき穂花が目線を下にやり、慌ててスカートの裾を引っ張って、太ももとパンチラを隠してしまう。

「……あなた、ちゃんと聞いてた？」

穂花が眼鏡の奥にある、鋭い目つきで見つめてくる。

「えっ、あっ……」

「能力はあるんだから、真面目にやりなさいって言ってんのよ。もういいわ」

穂花は立ちあがると、さっさと自分の机に戻ってしまった。

（なんなんだ、いったい……）

能力があるって言ってたけど、それなら左遷などされないと思う。数字にも弱いし企画力もない。

自分のことぐらいは、自分がよくわかっているつもりだ。

しかし、穂花がそんな風に自分のことを気にかけてくれているとは、夢にも思わなかった。

2

その日の夜、杏一郎は穂花や米川と一緒に、村の割烹料理屋にいた。

掘り炬燵《ごたつ》式の座敷は、こちら三人とY工務店の従業員、そして、村役場の人間たちの十人ほどで飲んでいる。

建前上は「リゾート地開発の懇談会」だが、ストレートに言えば接待だ。

しかも、珍しい役人側からの接待である。

なんせ近隣の町との合併を余儀なくされていた過疎の村にとっては、三丸不動産が立ちあげたリゾート地開発は渡りに船だ。

住民が増えるのと同時に、大型のショッピングモールや他の企業の誘致が計画されており、うまくいけば固定資産税で村の財政は一気に潤うし、古くからいる住民も生活するのに便利になる。

いやもちろん、杏一郎たちの管理事務所の者たちを接待してもなんの意味もないのだが、まあ、村の役人にとっては同じ三丸不動産なのである。

「なあ、秋月くん。ついでに……なんやっけ、ほらニケヤとか、スットコとか、有名なでっかいスーパーみたいなのを誘致してくれんかなあ」

土木課の岩間《いわま》が、ビールをつぎながら、とんでもないことを言ってくる。

「それ、日本の企業じゃないですから無理ですよ。第一、僕にそんな権限なんて一ミリもないですから」

「ほうかあ」

終始こんな感じで、無茶なお願いをされっぱなしなのだが、そもそもこちらはリストラされまいかと戦々恐々の毎日で、無難に仕事をこなすだけだから、本社に提案なんか持っていくつもりもない。

（ん？）

ふと他テーブルを見渡せば、所長の米川が酔い潰れているのが確認できたが、穂花の姿が見えなかった。

「あれ？　掛川主任、見ませんでした？」

役場の人間に聞くと、浜田《はまだ》という中年女性が、「どっかで寝ちゃったんじゃない？」と、いたって何事もないように言う。

「主任って、お酒弱いんですか？」

杏一郎が訊いた。

「弱い弱い。そのくせ飲むのは好きだからねえ」

「あれやない？　旦那さんが亡くなってから、飲むようになったんじゃない？」

隣の高木《たかぎ》という女性も話に入ってきた。

「可哀想よねえ。もともと旦那さんとやってた不動産屋がさあ、Y工務店に仕事取られて……それで旦那さん、ストレスになって身体を壊したんじゃないかって」

と、浜田が声をひそめて言う。

そんなこと初耳だったので、杏一郎は驚いた。

「え？　じゃあなんで、掛川さんはY工務店と一緒に仕事してるのよ」

高木も楽しそうに、ひそひそ訊く。

今の話が本当ならば、穂花は亡くなった旦那さんのかたき、というかライバル店に媚びへつらっているということになる。

「それがさ、ここだけの話だけど……掛川さん、このリゾート開発の話、つぶそうとしてるって噂がある……」

岩間が声をひそめて言う。

「ええ？」

みんなで驚いた。

「内部から？」

「そう、内部から。なんかへんな動きしてるって、Y工務店の岡田《おかだ》部長が言うてたんだわ。あの人、掛川さんにゾッコンやろ。あ、今の話、当事者さんたちには絶対に内緒やで……あっ」

そこで三人が一斉に杏一郎を見た。

「いや、あくまで噂やから」

「そうそう」

三人が無理に笑顔をつくって、取り繕ってくるがもう遅い。

「あ、僕……ちょっと主任を探してきます」

気まずくなって、杏一郎は立ちあがってトイレに向かった。

（しかしそんなことがなあ……穂花さんも、いろいろあるんだな）

トイレに行くが、穂花の姿はどこにもなかった。

戻ってくると、どこに行っていたのか、いつの間にか穂花は奥の席にいて、Y工務店の人間たちと飲んでいた。

（なんだ、心配して損した）

と、ホッとしたのだが、どうも見ているとかなり酔っているらしく、眼鏡の奥の目がとろんとして、顔も真っ赤だった。

しかもだ。

Vネックのニットの襟ぐりから、深い谷間が見えており、タイトスカートもまくれあがってムッチリした太ももが露わになっている。

(おいおい……やばいって)

Y工務店の男たちの穂花を見る目が、あからさまにいやらしい。

杏一郎は慌てて穂花の隣にいき、

「すみません、主任、大丈夫ですか？」

と声をかけてやる。

Y工務店の男たち三人は、見たことのない顔ぶれだった。

三人とも浅黒い強面《こわもて》で、杏一郎を見るなり、すごい形相で睨んできた。

穂花が杏一郎を見つけて、

「ああ」

と声をあげる。アルコールの匂いがここまで漂ってくる。

「あんら、どこいってたのよ」

いきなり穂花が、赤い顔を近づけてきた。

プンとアルコールの呼気がさらにキツくなって、鼻先をくすぐってくる。それだけで酔いそうなくらいだ。

「どこいってたって……主任がいなかったんじゃないですか」

杏一郎の返事も、穂花はまるで聞こえていないようだ。

穂花は杏一郎の肩をぐいと抱き、

「おかだぶちょー、はじめてれすよね。今年入ってきた秋月です」

呂律《ろれつ》のまわらない口調で、穂花が三人に紹介する。杏一郎は頭を下げた。

「秋月杏一郎です。よろしくお願いします」

言うと、目の前に座る岡田が「あー」と手を打った。

「あんたが三丸の本社から来た人かい。まあ、よろしく頼むわ」

岡田部長と穂花が呼んでいた男が、コップに入ったビールを手渡してきた。

「あ、すみません。いただきます」

ぐいっとコップを呷りながら、杏一郎はちらりと岡田を見た。

（さっき言ってた岡田部長ってこの人か。穂花さんの噂を流してるっていう……）

目つきが鋭くて、がたいのいい男だった。シャツの胸筋がパンパンに盛りあがっている。

「こっちが玉川、向こうが青木や。よろしくな」

岡田の紹介でふたりが頭を下げる。

(玉川……？　聞いたことあるような……)

コップをテーブルに置いて考えたが、どうも出てこない。

「ねえ、おからぶちょー。この人、仕事はできるのよ。だから、ホントによろしくおねがいしますねー」

酔って舌足らずな声で、穂花が背中を叩いてくる。

杏一郎は苦笑いして、頭を下げた。

「すみません、こんなに酔っちゃって……」

「いいって、しかし、穂花ちゃんがこんなに酔うなんて珍しいなあ」

岡田が笑った。

(穂花ちゃん？)

妙に親しげな呼び方にムッとする。

しかし穂花はそう呼ばれても、なんの反応もしなかった。というより瞼がとろんとして、今にも寝てしまいそうだ。

「どっか寝かした方がいいですかね」

岡田に訊くと、

「そうやな。あとでここの女将に言うとくわ。それよりほら、秋月くん。駆けつけ三杯や」

別のコップが渡されて、杏一郎は口をつける。濃いめのハイボールだった。

「ほら、ぐうっと」

岡田が煽ってくる。

「いや、僕はちょっとアルコールが弱くて……」

「なにを言うとるんや。土建屋が飲めんいうのは、よくないで」

言いながら、ちょっと凄んできた。

断れない雰囲気だった。

(しょうがない、まあ一杯くらいなら……)

杏一郎はグッとコップを傾けて、ハイボールを流し込んだ。

カアッと喉が灼《や》けて、頭がぐるぐるまわる。

「はい、二杯目」

岡田が次のコップを用意する。

「ち、ちょっと待ってください」

杏一郎はハンカチを取り出して、口元を拭う。

（まいったな、これ）

それも飲み干して、次に三杯目のコップが……。

3

（うっ……）

割れるように頭が痛かった。

目を開けても、視界がぼんやりと霞《かすみ》がかっている。なんだか意識がぐにゃぐにゃして、手足を動かすことすら億劫だ。

こんなことは初めてだった。

どうして、こんな風になっているのか。

ここはどこなのか。

ぼんやりとした頭で考えていると、男たちの声がかすかに聞こえてきた。

「なんでこの男も連れてきたんですか」

「あそこに置いとくのもまずいだろ。ふたりとも帰ったことにするんだよ。どうせ、あんなの、完全にグロッキーだろ」

「特製ちゃんぽん、三杯連続でいきましたからね、しばらく起きないでしょう」

どうやら自分のことを言われているらしい。

なんとなく記憶が甦ってきた。

おそらく声の主は、Y工務店の岡田たちだ。

「ほら、寝かして、両手を押さえろよ」

「はあ？　こっちの女のほうもどうせ起きないでしょ。そんな必要ないじゃないですか」

「あほか。押さえてれば、腕以外はおまえらが触れないだろう？」

「ええっ……マジ？　ひでえなあ、岡田部長。俺たちにおこぼれはなしですか。穂花ちゃんのデカパイぐらい触らせてくださいよ」

（え、穂花さん？　いるの？）

なんとか顔を横に向ける。また眠くなってきて、意識が落ちそうだ。

それをなんとかやり過ごして、男たちを見た。

（ほ、穂花さん……？）

穂花が、無防備に布団の上に横たわっているのが見えた。

ぐったりして、まったく動かない。どうやら眠っているようだった。

ニット越しの巨大なバスト、ミニスカートから伸びた太もも……。

その無防備なままでに寝ている穂花を、三人の男たちが取り囲んで、まるで品定めするように、ニヤニヤして見つめている。

「すげえな、穂花のおっぱいってさ。仰向けになっても、全然形が崩れないんだな」

見れば、穂花はすうすうという呼吸に合わせ、ニット越しのたわわなバストを上下させている。

眼鏡は外されている。初めて見る穂花の素顔は、さらに美しかった。

瞼はぴったりと閉じられ、目の下がねっとりと赤く染まっている。口は半開きで淡い呼吸を漏らしている。

三人の男のうちひとりが、妙なことを言い出した。

「まったく……ウチのことを探ろうなんて、とんでもねえ女狐《めぎつね》ですねえ」

(探る？　なんのことだ？)

それを受けて、岡田がイヒヒと笑う。

「こういう女には、ちょっとお仕置きしなきゃならんよなあ」

岡田の手が伸びて、穂花のニットをめくりあげる。

真っ白いブラジャーに包まれた、巨大なふたつのふくらみが、男の手によって露わにされる。

「おおっ……三十二歳の未亡人ですっけ？　いいおっぱいしてんなあ」

「キレイっすねえ……」

「想像以上にすげえスタイルだぜ。なんだよ、このおっぱい……」

男たちは穂花のまろび出た乳房を見つめて、ニヤニヤと笑っている。

（くっ、こいつら……穂花さんの意識がないうちにイタズラする気だな……）

わかっているのに、身体が動かなかった。

「う……うう……」

杏一郎は小さな呻き声を出して、身体を動かそうとするのだが、もう亀みたいに少しずつしか動かない。だけど幸いなことに、三人は穂花に夢中で、こちらにまったく気づいていなかった。

「おい、おまえら、ちゃんと手を押さえておけよ」

岡田が凄む。

「……はいはい」

いる。

「わかりましたよ」

穂花は男たちによってバンザイさせられて、片方ずつ、男たちに押さえつけられて
岡田が穂花に顔を近づけて、

「ちくしょう……掛川の野郎、こんないい女を毎晩抱いてたんだよな」

と、舌打ちした。

「でもこれからは、岡田部長のもんでしょ？」

「ククッ、そうだな。旦那のことなんか忘れるくらい、たっぷり可愛がってやるぜ」

男たちが下品に笑う。

（なっ……！　あ、あいつら……イタズラするだけじゃなくて……穂花さんの身体を……）

カアッと頭が灼《や》けた。

杏一郎は鉛《なまり》のように重い身体で、必死に起きあがろうとする
（は、早くしないと……穂花さんが）

見ていると、岡田がイヒヒと笑って、穂花の背に手を入れていた。

ブラのホックを外したらしく、くたっと穂花のブラカップが緩んだ。押さえを失っ

た乳房が、ぶるるんっとまろび出る。

（おううっ、穂花さんのおっぱい……す、すげえ……）

いけないと思うのに、思わず杏一郎も見つめてしまった。

穂花の乳房は、身体の横からハミ出るほど巨大なのに、重力に負けずに悩ましい球体を崩さない。

乳肌は艶々と輝き、乳頭は三十二歳の未亡人とは思えぬ、透き通るような薄ピンクだった。

「これは、想像以上に、デ、デカいな……」

「しかも乳首、めちゃくちゃキレイじゃないですか。いつも態度はツンツンしてるくせに、おっぱいは処女みたいって。へヘッ、ギャップがいいっすね」

「思った以上のおっぱいだ。前から一度、揉みたいって思ってたんだよなあ」

男たちはあまりの垂涎《すいぜん》の光景に、何度も唾を呑み込んでいる。

「おおっと、まずいな、手が滑った」

岡田がわざとらしく、意識のない穂花の大きなふくらみを右手でギュッと揉んだ。

するると、穂花は大きく背をそらし、

「う、ううんっ」

と、呼応するような身悶えし、眉間にシワを寄せて、小さな口からかすかな喘ぎ声を漏らす。

男たちはギョッとした。

「や、やばいんじゃないですか。起きてるんじゃ……」

男たちは、そっと穂花の反応を見る。

まだ目をつむったままだ。

「寝てても反応ってするんだな。たまんねえ……それより、岡田部長。ねえ、穂花ちゃんのおっぱい、どんな感触なんですか」

「……え？　あ、ああ」

岡田は一度手を引っ込めたものの、穂花が起きないとわかったらしく、再びぐいぐいと穂花のおっぱいを揉みしだく。

「すげえよ……ずっしり重くて、とろけるように柔らかいのに……押し返してくる弾力もたまんねえ」

岡田は興奮した様子で、穂花の小さな乳首をキュッと指でつまみあげる。

「あふぅ……ああンッ」

先ほどより激しく穂花が身をよじり、甘い声を漏らす。

三人が「おおっ……」と歓声をあげる。

「へへ……色っぽいじゃねえかよ、おいおい、こいつ、もう乳首が勃《た》ってきたぜ」

岡田が言いながら、さらにキュッと穂花の乳首をつねる。

穂花は眠ったまま、

「あっ、ああんっ」

と切ない声を出し、背をのけぞらせる。

「……ホントだ。寝てても乳首おっ立てるなんて……感じやすいんですねえ、穂花ちゃんって。声も可愛いし」

「……この悩ましい反応……寝てるけど、濡れてるんじゃないですか？」

男たちが顔を見合わせて、ウヘヘといやらしく笑う。

「そりゃあ、見てみるしかねえなあ」

「穂花ちゃんのおまんこ、どんな風なんすかねえ」

「旦那を亡くして、しばらく使ってねえだろ。こっちも処女みたいにキレイなピンクなんじゃねえか？」

男たちが好き勝手言いながら、ニヤニヤと笑っている。

（まずい、穂花さんの身体を……これ以上、好き勝手にさせたくない……）

杏一郎が手を伸ばす。

岡田が下卑《げび》た笑いを漏らしながら、穂花のタイトスカートをまくりあげ、パンストと白いパンティに手をかける。

（くっ、だめだっ、穂花さんっ！）

そのときだ。

杏一郎の手が、奥にどけていたテーブルに当たって、上に乗っていたコップが音を立てる。

岡田たちがハッとした表情をして、こちらを見た。

杏一郎を見た瞬間、岡田が慌てて穂花のニットを元に戻し、三人は、焦ったように言い訳をはじめる。

「い、いや、あんたらが酔ったから、二階に連れてきたんだけど……」

「いやー、無事みたいやな、よかったわ」

「じゃあ、あとは頼むな、あんたが介抱してくれるなら、それでええわ」

男たちがそそくさと逃げるように部屋を出ていく。

杏一郎はテーブルをつかみながら、ホッと胸を撫で下ろした。

もし向かってきたら、男三人が相手では、どうにもならなかったからだ。

4

「ンッ……ううん……」

寝ていた穂花が苦しそうに喉をかいたので、杏一郎は慌てて穂花の上半身を起こして、ペットボトルの水を口に当てる。

ごくっ、ごくっ、と喉を鳴らしながら水を飲んでいると、眼鏡の奥の閉じた瞼がピクピク動いて、うっすら開いた。

「あー、気持ち悪い……トイレ……」

穂花は口に手を当てて立ちあがり、ふらふらしながら障子戸《しょうじど》のところまで行く。

「だ、大丈夫ですか？」

ついていこうとすると、穂花が手で制して、戸を開けて出ていった。

遅かったら見にいこうと思っていたが、しばらくすると戻ってきて、ぼうっとしながら布団の上にぺたんと座った。

顔が赤らんで、玉のような汗が浮かんでいる。

頬に髪の毛が張りついていて、まるで事後を思わせるような色っぽい表情だ。

「ここ、どこ？」

穂花がきょろきょろする。

「お店の二階です。客が多いときは、こっちの座敷も使うんですって」

「ふーん……」

そう言うと、穂花は真っ赤な顔でジロッと睨んできた。

「ねえ、トイレで見たら、ブラのホックが外れてたんだけど……寝ている私になにかした？」

杏一郎はドキッとして、ぶるぶると頭を横に振る。

「実は俺も酔っ払っていて……気がついたら、あの……Y工務店の三人が、穂花さんのまわりにいて……」

「あー、あの人たちね……やりそう……」

穂花は、ハアッと大きなため息をついた。

またペットボトルの水に口をつける。

「あの……女将さんに聞いたら、岡田部長がぼくらを二階にあげて、他の人間には黙っててくれって言ったそうなんです。女将さん、わけがわからなかったけど、とにかくY工務店はひいき客なので、逆らえなかったって」

そこまで一気に話して、少し考えてから杏一郎は続ける。

「その間に僕らは帰ったことにして、会をお開きにしたらしいんです。おそらく、あの……穂花さん、狙われてたんですよ。計画的犯行です。訴えますか？」

穂花の顔が強張った。

「あなたが助けてくれたんでしょう？　私、どこまでされてたのかしら。レイプはされてないと思うんだけど」

とんでもないことを言われ、杏一郎はドキッとした。

「レ、レイ……もちろん、そんなことされてませんけど……いや、でもおっぱいは触られてましたよ」

「それだけ？」

「いや、それだけって……十分犯罪じゃないですか」

と言うのだが、穂花はあまり怒ってないようだ。もしかするとまだ酔っていて、完全には理解できていないのかもしれない。

「ねえ、キミも飲まされたんでしょ？　どうして途中で起きられたの？」

「俺、ホントにアルコール弱くて……飲んだフリをして、ハンカチを口に当ててなるべく染み込ませて……おかげでハンカチがぐちゃぐちゃです。でもよかった、穂花さんが無事で」

安堵したように言うと、穂花がうっすら笑みを漏らした。

少し休んでいたら、だいぶ体調も戻ってきたので、タクシーを呼んでふたりで乗り込んだ。

穂花は後部座席で、ぼうっと窓の外を眺めている。

(キレイだな……そりゃ、襲いたくもなるよな……)

眼鏡美人であったのだが、眼鏡を取れば、さらに美人であることがわかってしまった。

どうにも隣に座るだけで身体が熱くなってしまう。

「ん？　なによ」

視線に気づいた穂花が、こちらを向いた。

「い、いえ……その……ホントにいいんですか、Y工務店のヤツら。いくら未遂とはいえ……」

「いいのよ」

その顔に、なにか決意めいたものが見えて、杏一郎はそれ以上言うのをやめた。

「でも……ありがと。助かったわ」

穂花がふっと笑いかけてくる。

珍しく素直だった。

そして、杏一郎の横に身体を寄せてきたので、ガチガチに緊張してしまった。

「ごめんね……ちょっとだけ……」

穂花がしなだれかかってきながら、ぼうっとした目で見つめてくる。

顔が近い。心臓がドクドクと音を立てる。

ギュッと左腕をつかんでくると、ニット越しのおっぱいのふくらみが押しつけられた。

（ああ、きっと寂しいんだな……未亡人だもんな……いつもツンツンしてるのは、きっとそれを隠してるんだな）

杏一郎は勝手にそう思った。

ただ、本当のところはわからない。

寄りかかってきながらも、穂花が真面目な顔で見あげてきた。

「でも、このことは……そのままにはしないから……安心して」

穂花が小さい声で囁いた。

ちらり前を見ると、ちょっとタクシー運転手も気を使って、こちらをバックミラーで見ないようにしてくれている。

「そのままにしないって……どういうことですか？」

そのとき、ふいに先ほどの飲み会で出た話が頭をよぎって、杏一郎は続けた。

「もしかして……このリゾート話、つぶすことが、亡くなった旦那さんのためになるんですか？」

穂花が眉をひそめて見つめてくる。

「え？　なによ、それ……」

「いや、Y工務店とか役場の人とかが……あくまで噂ですよ。噂だって前提で、そんなことを話してきたので……」

穂花がちらりと運転手を見てから、杏一郎の耳に口を寄せてきて、小声で言う。

「違うわよ。あのね。教えてあげる。三丸の本社が嘘をついてるのよ」

妙な話が出てきて、杏一郎は訝《いぶか》しんだ顔をする。

「……どういうことです？」

「あのね、リゾート地開発とか、ショッピングモール誘致とか……違うのよ。あそこにゴミ処理場をつくろうとしてるの」

「ええっ！」

思わず大きい声が出てしまい、慌てて口をつぐむ。運転手がバックミラーでこちらをちらりと見た。

「……そ、そんなバカな。だってもしバレたら……住民は黙ってないですよ」

杏一郎も小声で言う。

「そこよ。だから役場とY工務店をうまく丸め込んでるのよ。住民から文句が出たときに封じ込めるように……」

「ま、まさかあ……」

降って湧いた話で、どうしても信じられなかった。

「だって、証拠は……」

「証拠はあるわ。ウチの人が、計画書のコピーをY工務店からこっそり盗んできたのよ。私、地元の新聞社に同級生がいるんだけど、それを見せたの。驚いて、絶対にスクープにするって。でも、記事にはまだ足りないから、もう少し決定的な証拠が欲しいって言われて」

杏一郎は穂花を見つめた。

嘘を言うような人ではないとわかっている。

それに穂花の話がそうなら、先ほどのY工務店のやり方は、穂花の口封じみたいなもので、辻褄《つじつま》も合う。

「ごめんね、あなたは巻き込みたくなかったの……だから、他の仕事をして欲しかったんだけど……でも、私、この村が好きなの……それにあの人もやりかけていたことだったし……」

タクシーがとまった。

「……お客さん、あの……言われた住所はここいらだけど……」

運転手が前を見ながら言う。

「あ、ここでいいです」

穂花が立ちあがろうとしたときだ。

唇を寄せてきて、キスされた。

(え？　えええ……？)

すっと唇を離した穂花が、恥ずかしそうにはにかんだ。

「……今日のお礼よ。ありがとう……」

穂花が手を軽く振って、ドアから出ようとして振り向いた。

「あ、それから……明日は半休取ってもいいわ。それとタクシーの領収書、忘れないでね」

穂花がいつもの上司に戻って、厳しい口調で言ってから、クスッと笑った。
タクシーが発進する。
杏一郎はまだ夢見心地だった。
(穂花さんがキス……嘘だろ……あのクールな女上司が俺にキスって……)
職場でパソコン画面を見ているときの、彼女の端正な横顔を思い描いていた。
そのときだった。
ふと会社のパソコン画面が、頭の中で引っかかった。
(なんだっけ……あれ……なんか重要なことを忘れているような……)
今日の飲み会のことを思い出す。
Y工務店の岡田部長に、青木に、玉川……。
玉川？
「あっ！」
思わず声を出してしまい、口をつぐんだ。
「どうしました？　お客さん」
運転手が心配そうに声をかけてくる。
「あ、いや……すみません」

思い出したのだ。米川所長がメールを打っていた相手が、確か玉川だった。

それが今日、来ていたのだ。

あのとき、所長は杏一郎や穂花が出社する前にこっそりと、Y工務店に出かけようとしていた。

なにか妙な感じがした。

「運転者さん、すみません、ちょっと行き先を変えてもらえますか？」

杏一郎は事務所の住所を告げたのだった。

第五章　泡まみれの桃源郷

1

「これ……一体どうやって……」

　次の日の朝。

　出社してきた穂花は、デスクの上にあったプリントを見て、目を丸くして、絶句していた。

　杏一郎は眠い目をこすりながら、淹《い》れ立てのコーヒーをカップに注いできて、椅子に座って口をつける。

「昨日の飲み会……穂花さんを襲った中に、玉川という男がいたんです」

「玉川？」

穂花はすぐに、

「あっ」

と、声を出した。

「確か、以前……所長がメールのやりとりをしていた人でしょ？」

「さすが記憶力がいいですね。で、ピンときたんです。あのとき、所長はこっそりとY工務店に行くつもりでした。そのときは気にもとめてなかったんですが、昨日穂花さんにY工務店が怪しいって言われて、思い出したんです」

「……嘘でしょ？　まさか所長もつながってたの？」

穂花がへなへなと力なく椅子に座った。

おそらく米川は、まったくのノーマークだったのだろう。

「穂花さん、所長と近すぎて気づかなかったんですよ。俺だって、所長のだめっぷりをもっとたくさん見ていたら、なんにも感じなかったと思います」

穂花はもう一度プリントに目を通して、言う。

「それで……この裏取引の帳簿が所長とどう関わるのかしら……」

「所長ってメール苦手じゃないですか。この前も、開けっぱなしで出ていっちゃったし……だから、もし重要なやりとりがあっても完全には捨ててはいないんじゃないかなって、探したんです。案の定、デスクトップのゴミ箱に入ったままでした。所長は完全に消去したと思ってるんでしょうね」

「でも……所長のパソコンのパスワードは？」

「もちろん俺も知りませんでしたから、とにかく所長の個人情報を調べて、何百通りも入れてみましたよ。でも単純なことで、最終的には『ＭＩＴＳＵＭＡＲＵ』でした。まったく……徹夜したのに、結局それかよって……」

「ええ！　そんなこと、一晩中やってたの？」

穂花が呆れた声を出した。

「ええ。先日の鞄を忘れた騒動で、事務所の合い鍵も借りてましたから。タクシーでここに戻ってきて、とにかくメールだけでも覗いてみようって、ずっとシコシコ、パスワード作業してたら明るくなっちゃって」

言いながら、杏一郎は大きなあくびをした。

呆れたように見つめていた穂花が、クスクスと笑った。

「ほらあ、やっぱりあなた、仕事できるじゃないの」

「へ？」

杏一郎は、言われて首をかしげる。

「なんですか……こんないきあたりばったりのやり方なんか……単なるアホですよ」

真面目に返すと、穂花も真面目な顔になる。

「あのね、普通の人は途中で諦めるわよ。パスワードなんて、何万何千通りあると思ってんのよ。それを続けられる人間なんて、なかなかいないわよ。まあ、アホだけど、根性はあるわよね」

褒められているのかバカにされているのか知らないが、とにかく穂花の役に立てたことがうれしかった。

「じゃあ、この書類のプリント借りるわね。さっそく知り合いに話をしてみないと」

穂花が鞄にプリントを入れようとした。

「いや、待ってください。条件があるんです」

「え？」

穂花が手をとめて、こっちを見る。

杏一郎は深呼吸した。

昨日から考えていたことだった。

（よし、言うんだ……）

いける、と自信をもって杏一郎は条件を口にする。

「自分の会社を告発するわけですから、いろいろ葛藤がありますよ。それ相応のものを頂かないと」

穂花が、

「ふーん」

と、目を細めて見つめてくる。

「まあ、そうよね。なにが欲しいのよ」

杏一郎は思いきって口を開いた。

昨日のキスからずっと思っていたことだ。

「その……ほ、穂花さんです」

「え？」

「あの……一度でいいんで、その……俺と、一夜を……」

「ええ！」

穂花が険しい顔をした。

（え、ここまで拒否されるの？　昨日あんなにいい雰囲気だったのに……）

思わず動揺してしまったが、しばらくすると、穂花がほんのり顔を赤らめた。

眼鏡のクールな美女が恥じらう様子に、ちょっとドキッとしてしまった。

「ほ、本気なの？」

珍しく穂花が狼狽えていた。

それを見て「ああ」と思った。

おそらくだが、こういう風にストレートに誘われるのに弱いのだろう。

「……わ、わかったわ。いいわよ、もう……一度だけよ。ホントよ。ホントに一度だけですからねっ」

穂花が目の下を赤く染めて、やれやれという顔をした。

「所長が出社する前に行ってくるわね」

彼女はそう言うと、慌てて事務所から出ていった。

（おおう！　来た。来たぞ……穂花さんを抱けるんだ……徹夜してよかった）

実のところ穂花に言ったことは嘘だった。

本当は、この会社に未練などなかった。葛藤もない。だから穂花に拒否されても、書類は渡すつもりだった。

（や、やった……）

杏一郎はまた、眠い目をこすった。

疲れていた。

だが、徹夜したというのに、股間は元気なままである。

2

一週間後。

杏一郎は約束通り、穂花の家にいた。

明日は東京の本社に戻り、事の顛末《てんまつ》を報告しなければならない。

と言っても、もう本社はてんやわんやの状態だろうから、杏一郎が報告しに戻ったところで何も変わらないのだが。

穂花が告発した内容は、地元のローカル新聞に載ったとたんに大きな反響があった。

ゴミ処理場の問題は、与党の地元議員が関わっていたために、政権叩きをしたい大手紙や民放キー局のワイドショーがこぞって取りあげたのだ。

おかげで三丸は株価がガクンと落ちて、社長が釈明することになった。

当然、計画は白紙となって、Y工務店も所長の米田も背任罪に問われることとなったのだった。

東京に戻れば、しばらくもうこちらに来られないだろうし、穂花も後処理やらなにやらで忙しいから、逢えるのは今日しかなかったのだ。

そして、夕食をご馳走になり、ふたりの間に濃密な空気が流れたときだ。

「あの……一緒にお風呂に入りたいんですけど……」

その言葉を放った瞬間、穂花は鬼のような形相になった。

たじろいだが、ここで引いては負けだと思った。

どうせ布団に入っても、穂花は電気を消してくれとか言いそうだったから、明るいところで裸が見たかったのである。

「い、いやよ。なんでよ」

とにかく穂花は抵抗した。

しかし、何度も頭を下げると最後には折れて、

「もうっ……わかったわよ……先に入っててよ……」

と顔を赤らめて、投げやりに言い放ってくれた。


杏一郎はドキドキしながら広いバスタブで、穂花を待っていた。

(しかし、まさかこんなことになるなんてなあ……穂花さんとなんて)

ざぶざぶと顔を洗いながら、いやらしい妄想をする。

三十二歳の未亡人は、いつも身体にフィットするタイトなスーツ姿だったが、その服の上からでもプロポーションのよさはありありと見てとれた。

ストレートの艶髪からは、いつも甘い匂いがして、噎《む》せ返るような妖しい色っぽさにあてられていたのである。

(あの身体を抱けるのか……ホントに……)

湯船の中で、臍《へそ》を叩かんばかりの勢いで勃起がそり返っていた。

しばらくして、浴室のドアの向こうで影が動いた。

(穂花さんが服を脱いでいる……)

いやもちろん、風呂に入るなら服を脱ぐのは当たり前なのだが、もうその事実だけで身体中の血が沸騰しそうなほど、ドキドキしてしまう。

「は、入るわよ」

「あ、はい」

ドアが開いて、小さなタオルを胸から垂らしただけの穂花が、恥ずかしそうに身体を丸めて入ってくる。

ストレートの黒髪を濡れないように後ろで結わえ、当然眼鏡は外している。

眼鏡をしていないと、表情が柔らかくなって、より魅力的に見える。

穂花はかけ湯をしようと、桶《おけ》でバスタブの湯を汲んだ。

（おおおっ……すごいな……）

横から見ると、マスクメロンのようなたわわな乳房が、先端だけを隠してほとんど見えた。三十二歳にしては十分な張りがあり、丸々としていて実に重たげだ。

さらに視線を落とすと、丸々としたヒップから太ももにかけての充実したむっちり具合がたまらない。

スレンダーだと思っていたが、尻はかなりデカい。

「すごい……キレイですっ……想像していたより何倍も」

正直に言うと、穂花が困ったように顔を赤らめる。

「そんなに見つめないで……ああ、もう……いきなりお風呂なんてっ……」

拗《す》ねた顔が、いつものツンツンした様子とはまるで違って、可愛らしい。

「だって……見たかったんです……穂花さん、布団だと電気消して真っ暗にしたりするでしょう？　こんなにキレイなのに……」

杏一郎の言葉に、穂花は図星だという風に、フンと鼻で笑った。

「わかったわ……もう……。ねえ、せっかくだから身体を洗ってあげる。向こうを向いて座って」

「えっ？　あ、はい……」

甲斐甲斐しいところもあるんだなと感動しながら、杏一郎は風呂椅子に座って、穂花に背中を向ける。

彼女は横にあったボディソープのボトルを手に取って、泡立てている。

(あれ？　手で？)

タオルとかスポンジでしてくれるのかと思っていた。

だが、ボディソープの泡をつけたしなやかな手が、ぬるぬると塗り伸ばされて、ひやっとして驚いた。

泡のついた手が、肩甲骨の内側や首筋を撫でつける。さらには右腕を持たれて腋《わき》の下の窪みを指先でこすられた。

「ちょっと、くすぐったいです」

「ガマンしなさい」

腋の下だけではない。

手が背中を滑っていき、尻割れにも指を入れられて、ゾクゾクとした痺れが全身を襲ってくる。

（い、いやらしい手つきだな……まるでソープ嬢みたいじゃないかっ……旦那さんにもしてあげてたのかな）

こんな美人に奉仕されている、という気持ちがこの上ない至福をもたらしてくる。

ぴったりとくっつきながらだから、柔らかいおっぱいが背に触れる。穂花の肌の甘い匂いとも相俟《あいま》って、タオルで隠していた屹立がぐんぐんと大きくなる。

「あんっ……これだけでそんな大きくなるの？」

背後から耳元で囁かれた。

「いや……だって、触り方がいやらしいからです。穂花さんの手が……」

肩越しに見れば、湯気の中で穂花の目の下がぼんやり赤くなっている。

切れ長の双眸がしっとりと潤んでいて、女の欲情を感じさせる。

杏一郎は思いきって、

「あ、あの……触ってくれませんか」

言うと、端正な美貌が戸惑ったように見えた。だが、すぐにじろっと睨んできて、

「わ、わかってるわ……私だって、子どもじゃないのよ」

脇腹を撫でていた穂花の手が前にまわってくる。

背後から抱きしめられるように手を伸ばしてきたので、おっぱいがギュッと押しつ

けられている。

その圧倒的なボリューム感と、もっちりした柔らかさ、さらに中心部の突起のシコリを背中に感じて、杏一郎は息がつまった。

後ろからまわってきた穂花の手がタオルを外し、勃起に触れる。

「うくっ……」

泡をまとった細い指が肉竿をつかんだ瞬間、会陰から頭のてっぺんまで、ツンとした刺激が走って、身体がのけぞった。

「なによ、これだけで感じちゃったの？」

穂花が呆れたように言うが、ちらりと見た表情はうれしそうだ。

「は、はひっ……ああ、だって……おっぱいも当たってるし……穂花さんに握ってもらっているのが夢みたいで……」

「……そうよ、触ってあげてるのよ。もっと感謝しなさい」

指が根元を握りしめ、ぬるぬるといやらしく肉竿の表皮を刺激してくる。

くすぐったいような、ぞくっとするような得も言われぬ刺激が襲ってきて、杏一郎は、「くうううう」と呻いて、身体を震わせる。

「すごいわ……なんて硬いの……」

イチモツをこすられながら、穂花の甘い吐息が耳をくすぐった。

「はう、い、いや……気持ちよくて……」

五本の指が浮き出た血管や、飛び出したエラの裏側を這う。最初は恥ずかしがっていたものの、人妻だった経験を指で伝えてくる。

「ビクビクしてるわ……ずっと私のこと、エッチな目で見てたんだもんね」

言われてハッと振り返った。

穂花がニヤリ、口角をあげる
「い、いや、そんな」

「いいのよ、隠さなくても。ほうら、だからうれしいんでしょう?」

穂花の指がキュッと根元を締めつける。

さらに右手で竿を弄ばれている間に、背後から抱きしめられるようにして、左手も前にまわされて、会陰をこすり、玉袋を転がしてくる。

「くううっ……あああっ……」

二個の玉が、こりっ、こりっと手の中で暴れる。

(ああ……くあああ……)

あまりに気持ちよくて、ハアハアと息があがる。

下半身がとろけるような不思議な感覚がせりあがってきて、椅子に座りながらうっとり目を細めてしまう。

（ああ、チンポが穂花さんに……くうう、もうすべて任せっきりにしたくなる）

腰に力が入らなくなるのに、分身は熱く滾《たぎ》り、ひりつくよう快感がぎりぎりでとどまっている。

（だ、出したい……もう出したい……）

しかし、出してしまったら、魅惑のお風呂タイムが終わってしまう。

「くうっ」

杏一郎は首に筋を浮かべながらも、奥歯を噛みしめて射精を耐える。

ソープまみれになった男根の先端から、熱いカウパー腺液がとろとろとだらしなく垂れている。

「……背中が震えてるわね。気持ちいいのかしら」

耳元で言われる。顔を見ると、得意げに「ンフフ」と笑っている。

もう積極的に、自分からグイグイとチンポを愛撫してくる。

穂花も興奮しているのだ。耳元にかかる息が「ふうん……ううんっ」と艶めかしく聞こえてきて、そのたびにビクビクしてしまう。

「くうう……た、たまりませんよ。もう出ちゃいそう」

「ンフッ、出したら終わりよ」

「えええ……！」

肩越しに穂花を見る。

上気した美貌が、まるで小悪魔のように、ゾクゾクする笑みを見せている。

「当たり前でしょう？」

肉棒を握る両手にまた熱がこもり、竿の裏側を撫ではじめる。

全体を包み込むような感じで、ヌルヌルとソープをこすりつけながら、ふぐりの部分までしっかりぬらつかせてくる。

「あうう……イ、イカせる気じゃないですかっ……」

「そうよ、ンフッ……白いのピュッ、ピュッって出しちゃいなさいな。それで、終わりなんだから」

鈴口からオツユがしとどにあふれ、ソープと混ざったまま指で引き延ばされて、ねちゃねちゃと猥褻《わいせつ》な音を立てる。

（くうう……）

杏一郎は椅子に座りながら、膝に置いた両手を強く握って奥歯を食いしばった。

手コキ自体も気持ちいいのだが、両手を動かすたびに背中に押しつけられたおっぱいがこすれ、穂花の硬い乳首で背中を刺激されるのもたまらない。

(おおおう……だめだ……だめだっ)

尿道が熱く滾り、甘い痺れが生じていてもたってもいられなくなる。

もう限界だった。

「くおお……穂花さんっ……ちょっ、ちょっと待って、待ってください」

穂花が「ん？」という感じで手をとめる。

杏一郎はハアハアと荒い息をこぼし、呼吸を落ち着かせる。

(一度限りなら、もっといやらしいことを、そうだ……)

杏一郎は思いきって言う。

「あの、一度だけなら穂花さんの身体を使って、洗ってもらえないですか」

その言葉に、穂花が戸惑う。

「えっ……私の身体で洗うって……」

穂花はちらりと目線を下げ、おっぱいを見てからハッとして、怖い顔をして見つめてきた。

「嘘でしょう？　ちょっと、待ちなさいよっ……」

さすがの穂花もカアッと顔を赤らめて、泣きそうな顔を見せた。

可哀想にも思えたが、一度限りの夢だと思えば大胆になれた。

杏一郎は浴室の縁に座り、穂花を見る。

穂花は汗ばんだ裸体を両手で隠すようにしながら、唇を嚙みしめて杏一郎を見てきた。

「ううっ……信じられない……いじわるな子」

少女のような拗ねた素振りが、身をよじりたくなるほど可愛らしい。

(穂花さんって、こんな顔もできるんだ……というか『いじわるな子』って……俺と二歳しか変わらないんだけど……まあ、いいか)

穂花はボディソープを泡立ててから、自分の首筋やデコルテ、臍の部分や太ももに塗って泡まみれにする。

「あんっ、やっぱり、いやらしいわ……」

と、半ば呆れるように言いつつも、両手で重たげな自分のバストを撫でまわして、薄ピンクの乳首が見えなくなるまで、真っ白な泡まみれにする。

近づいてきて、上目遣いに見つめてくる。

ドキッとしている間に、泡まみれの未亡人の肢体が胸に飛び込んでくる。両手が首

の後ろにまわされて、

「おおお……」

杏一郎も思わず抱きしめる。

憧れの女性の裸体を抱いて、もう目がハートマークになりそうだ。

胸板に押しつけられた乳肉が、ふたりの身体でギュッとつぶされて、そのぬるぬるとした、いやらしすぎる感触にうっとりする。

(温かくて柔らかくて、しかもシャボンで、ぬるぬるしたおっぱい……くううう、気持ちいい……)

「あんっ……いやああ……」

顔を横に振りながらも、穂花が、密着したまま身体を揺すり出した。

「おおう、き、気持ちいい……」

なんという感触だろう。

シャボンですべるおっぱいが、杏一郎の腹から胸元にこすりつけられる。ムチムチした柔らかい肉体が、泡にまみれてこすれてくる感覚はもう天国だ。

「あん……あんっ、ああんっ……こんなことさせるなんて……いやらしい、いやらしいわっ」

相当に恥ずかしいのだろう。穂花は身体をこすりつけながら、何度も非難する言葉を吐いている。

ところがだ。

数回こすりつけてくると、

「ンンッ……ンンンッ……」

穂花は息を弾《はず》ませて、いつしかハアハアと悩ましい吐息を漏らしはじめた。

バスタブに座る杏一郎に身体を預けてきて、ギュッと抱きしめながら、ぬるんっ、ぬるんっと泡まみれの身体をリズミカルにこすってくるのだ。

「うぅぅん……ぅんんっ……」

穂花が、妖しく息を弾ませるのが、耳元で聞こえてくる。

動き方が淫らになっていき、杏一郎の開いた足の真ん中で少し腰を落とし、腰を妖しくよじらせて、勃起に自分の下腹部をこすりつけてくる。

「くおおっ……」

(な、なんだこりゃあ……気持ちいい……)

汗ばんで、柔らかな肉体と抱き合うだけでも気持ちいいのに、穂花がしがみつきながら柔らかな媚肉で勃起をこすって責めてきた。

ワレ目から、くちゅという淫靡な音が立ち、亀頭の先端が濡れきった溝に入りそうになる。

「ああ……こんな、こんな気持ちいいことしてくれるなんてっ」

「あんっ……キミがやれって言ったんでしょう。ああんっ、オチンチンがこんなに熱くて……だめえ……私だって、おかしくなっちゃう……」

あのいつもは凛《りん》とした表情が、今はとろけている。

瞼を半分落とし、うっとりした目で見つめられると、もういてもたってもいられなくなってきた。

「お、俺も……もうたまりません。穂花さんの身体を洗いたい」

泡だらけの穂花の裸体を抱き、くるりと位置を変えてバスタブの縁に座らせる。

（おううっ……）

改めて穂花のプロポーションを見て、杏一郎は目を見張った。

丸々とした乳房は、いったい何カップなのか、スレンダーな穂花の裸体にはアンバランスなほど大きく、乳首は透き通る薄ピンクだ。

豊かな腰まわりにムッチリした太もも。全体に肉づきはいいのに、ウエストはしっかりとくびれている。

男好きする身体だ。見れば見るほどヤリたくなってくる。

「そんなに見ないで。明るいところだと恥ずかしいのよ……体型が二十代と比べて崩れてきてるのに」

「信じられません。なんでこれが恥ずかしいんですかっ。すごいっ」

杏一郎の手が穂花の乳房をつかむが、まるでつかみきれない。

「す、すごいな……このおっぱいのボリューム……」

おそらく雪絵と五分くらいだ。ずっしりした量感に息を呑みつつ、まるで尺取り虫のように指を這わせて、乳房の上から揉みしだく。

「あっ……いやっ……ああっ……」

浴槽の縁の部分に座った穂花はのけぞり、頭を壁にこつんと当てた。

杏一郎は夢中になって、乳房を裾野からすくうように持ちあげる。

湯で温まった乳房は手のひらに吸いつくほどもっちりとしていて、力を入れれば、指が乳肉に沈み込むのに、すぐに押し返してくる。

いやいやしていた穂花の表情が、切なげなものに変わった。

「んうっ……あんっ……いやあ……」

「感じやすいんですね。穂花さんっ」

「そんなこと、ないわっ……ああんっ」

否定しながらも、妖しく潤ませた双眸は、すがるように宙を見つめている。

眉間に刻まれた悩ましいシワからは、もっと触って欲しいという女の欲求が漂ってくる。杏一郎は背を丸め、揺れる乳房にむしゃぶりついた。

「んぅっ……」

穂花が小さい声を漏らし、浴槽の縁に腰を下ろしたまま、のけぞった。

ちゅぽ、ちゅぽっと乳首をキツく吸い立てると、小さな乳首が、痛ましいほどに大きくせり出してくる。

「あんっ、いやっ……そんなにいやらしく吸わないでっ、ああんっ」

穂花はせりあがってくる快楽をこらえようと、つらそうな顔をして震えている。

その顔がいっそう色っぽくて、もっと感じさせたいと、ねろねろと乳輪のまわりを舐めてやる。

「あっ……あっ……」

せりあがる愉悦をこらえるかのように、穂花は眉根をつらそうにたわめて、喘ぐような吐息を漏らしはじめる。

（くうう、いつものデキる女の顔と、感じている顔のギャップがすごい）

この美貌の未亡人の切なそうな顔は、自分だけのものだ。そう思うと、心臓がドク、ドクッと早鐘を打つ。

3

顔をゆっくりと近づける。

穂花も唇を寄せてきた。

(い、いける……)

口唇を突き出し、杏一郎は穂花としっとりと唇を重ね合わせた。

「……うんんぅ……」

最初は強張っていたが、泡まみれの裸身でギュッと抱きしめれば、穂花もしがみつくように身体を重ねて、自分から唇を押しつけてくる。

(うおおっ、ほ、穂花さんから……キスしてくれているっ)

夢中になって舌を差し入れれば、穂花も積極的に舌をからませてくる。

すぐに、ねちゃ、ねちゃと唾液をからめ合うディープなキスになり、穂花は浴室で壁を背にしてバスタブに座ったまま、情熱的に舌を動かしてくる。

ハアハアと息が乱れるほど、甘い口づけを交わした後に、穂花が上目遣いに見つめてくる。

目の下を赤く染めているのも可愛らしかった。

もう杏一郎はたまらなくなった。

激しく燃えあがって、猛烈に口に吸いついた。

「んんっ……ンンンッ」

舌をからめとり、チュウゥッと吸いあげる。

穂花は苦しげに喘ぎつつも、しがみついて、何度も角度を変えてキスしてくる。

「むふんっ……んんっ……」

鼻奥で悶えつつ、甘い呼気と唾液を流し込んでくる。

押しつけてくる乳房の弾力と柔らかさに陶然となる。

湯煙の中、ふたりは裸のまま抱き合い、激しく唇を求め合った。

「ん、んんぅ」

舌をからめ、もつれさせ、唾液を啜る。痛くて苦しくなるほどのディープキスをようやく外し、ハアハアと見つめると、

「ハア、ハア……ヤ、ヤリたいんでしょ。早くしなさいよっ」

穂花が、表情や様子とはまるで裏腹に、強がった素振りを見せてくる。

(この人……ツンデレだ……いや、まだデレの部分はよくわからないけど、絶対に感じてるよな、これ)

「あ、ああんっ……」

杏一郎は見つめながら、穂花の股の間に指をくぐらせると、
穂花が悶えて、とたんに、「もうだめっ」とばかりにしがみついてくる。

指を割れ目に入れれば、クニャッとした肉ビラが吸いつき、あったかい粘液をとろとろと噴きこぼしているのが、生々しく伝わってくる。

さらに前後に強くこすれば、

「あっ！　は、やん、ああんっ……」

と、穂花はひときわ甲高い声をあげて、腰を揺らめかせる。

「穂花さんだって……したいんでしょう？　このヌルヌルは、ボディソープじゃないですよね」

杏一郎はスリットの下部にある狭穴に指を押し込んだ。

ぬるんと、何の抵抗もなく膣口に指が侵入する。

「あ、あんっ……！」

穂花は背中にまわした手で、爪が食い込むほど強くギュッと抱きしめてくる。

「ねえ、穂花さん。もう、ぬるぬるじゃないですか……」

膣穴はどろどろにとろけて媚肉が熱くなってわなないている。

指を軽く前後させてだけで、ぐちゅ、ぐちゅと音が立ち、穂花は顔を杏一郎の肩にくっつけてきて、

「ああ、ああっ……」

と切なそうな声を漏らし、よりいっそう力強くしがみついてくる。

「い、いいから……早くしなさいっ」

穂花はハアハアと呼気を荒ぶらせながら、恨みがましい目で見つめてきた。

「ホントは欲しいんでしょう？」

杏一郎が見つめて言うと、穂花は眉間にシワを寄せて睨んでくるものの、膣中に挿入したままの指を動かせば、とたんに泣き顔をさらしてくる。

「ち、違うわっ。してあげているのよ……キミが甘いセックスとか、そういうの好きなんでしょう。演技してあげてるの」

杏一郎はちょっとクスッとしそうになった。

プライドなのか、性格なのか。もうとろけてしまっているのは、ありありとわかっ

ていたからだ。

凛としたデキる女を、ここまで乱れさせたというのは、男としてうれしかった。でもそれなら、その乱れっぷりを素直に口にさせてみたい。

杏一郎は、穂花を浴室の樹脂の床に押し倒した。

背中が当たる部分は硬いかなと思ったが、柔らかくゴムのような素材だ。これなら大丈夫だろう。

大きく足を開かせて、肉竿に指を添えて膣口に先端を押し込んだ。

花びらが左右に開かれて、亀頭が赤い潤みに埋まっていく。

「ひッ！　ん、うぅ……んくっ……ううんっ」

穂花が切なげに眉を寄せ、潤みきった瞳を杏一郎に向けてくる。

ゆっくりと陰茎が穂花の中に埋もれていく。広げられたワレ目から、熱い蜜がたらりとあふれてきた。

「は、入って……くぅぅ……ちょっ、ちょっと待って……久しぶりなのにっ、あううっ、くぅぅぅっ……」

結合の衝撃に、未亡人が打ち震えている。

「おお……すごいっ」

杏一郎も、あまりの衝撃に思わず唸った。

狭くて窮屈で、しかも締めつけ方が半端じゃない。

腰を入れると、穂花は「ひぐっ！」と妙な声をあげて両手で顔を隠してしまう。

「いやっ、いやんっ、な、なんなのっ、これっ、奥まで……奥まで届いてるっ……はーっ、はーっ……はーっ……」

顔を隠しながら、穂花が肩で息をしている。

でもこちらも穂花を気遣うことなんかできなくて、杏一郎はググッ、ググッと腰を前後に振りはじめる。

「ああんっ……大きいっ……だめえぇ」

揺さぶられながら、ついに穂花が叫んだ。

杏一郎が腰を前後に振りたくると、穂花は熟れたおっぱいを揺らして、それでも両手を伸ばして杏一郎をホールドしてくる。

「おおお……たまりませんよ、穂花さんっ」

ギュッとされる心地よさに、ますます腰が動いてしまう。

肉竿がキュウキュウと、媚肉に食いしめられて揺さぶられる。

早くも甘い射精への疼きが広がっていく。

「あんっ……オチンチン、私の中で……びくびくしてるっ、ああんっ……だめっ、気持ちいい、気持ちいいッ……」

えっと思って抱きながら穂花の顔を見た。

穂花はまだ、両手で顔を覆っている。

「き、気持ちいいですか？」

訊くと、穂花はもうどうにもならないという感じで、こくこくと頷いた。

「だ、だからっ……いやだったのにっ……気持ちよくなんて、なりたくなかったのにっ……キミは既婚者なのよっ……こんなのホントは許されないんだからっ……」

「……あ、俺……離婚しましたよ」

「……え？」

ピストンをやめると、穂花がハアハアと苦しげに喘ぎながらも、両手を顔から外して真っ直ぐに見つめてきた。

杏一郎も見つめ返し、思いきって告白する。

「ここに左遷されてきたときから……いや、もう、その前から、妻とは心も体も離れてたんです。でも……こんなところで……穂花さんみたいな素敵な女性に逢えるなんて……言います。最初から、逢ったときから、好きでした」

告白すると、穂花は視線を宙に彷徨わせた。

「え……ちょっと……いきなりそんなこと言われてもっ……あっ、あっ……！」

再びストロークを開始して、奥まで突き入れた。

彼女の気持ちが知りたかった。

突き入れながら、揺れる乳房をとらえ、ぐいぐいと揉みしだきつつ、乳首をこねると、

「ああんっ、いやッ」

穂花は何度も顔を横に振る。

(もっとだ……もっと気持ちよくなって……本音を話してほしい)

グイグイと腰を揺らすと、穂花は大きくのけぞり、しがみついてくる。

それを引き剝《は》がして、強引に顔を見つめた。

「ああ、ああっ……見ないでっ……」

穂花は顔をそむけながらも自ら腰を動かしてきて、結合部をこすりつけてくる。

杏一郎は歯を食いしばる。

そして、さらに猛烈にストロークした。

パンッ、パンッと、柔らかな尻肉と腰がぶつかる打擲音を奏でると、穂花は顔をの

けぞらせ、

「あああん、だ、だめっ！　だめぇっ……だめぇっ……」

と腰を震わせながら、うわずった声を搾り出す。

「す、好きですっ！　好きですっ……穂花さんっ」

腰を出し入れさせながら、杏一郎は穂花に思いの丈をぶつけていく。

下になって揺さぶられている穂花が、泣きそうな顔で見つめてきて、ついに、

「ああんっ……好きよっ……私も……ああんっ、だって、エッチで、不真面目で……なのに一生懸命なところがあってっ……あぁっ……あぁっ……」

その艶めかしい表情に、杏一郎はますます昂ぶる。

「だめですっ、もっと甘えてくださいっ……もっと……」

穂花が困った顔をして、すがるような目で見つめてくる。

しかし、奥までぐいぐいと肉棒でえぐられると、とろけ顔になり、

「あ、甘えるって……どうやるのっ……ああんっ……す、好きっ……好きっ……大好きっ！　ああんっ、これでいいのっ……ねえ、ねえっ……」

舌っ足らずな声をあげつつ、恥ずかしそうに顔を何度も振る。

（ああ、穂花さんが……あのクールな穂花さんが『大好き』だって……）

だが、その羞恥で気分が高まったのか、膣口が恐ろしいほどの力で、ギュウウとペニスを食いしめてくる。

「うぐぐ……」

負けじとグイグイと腰を押しつけ、穂花を抱きしめて一気に叩き込んだ。

「ンンッ……ああんっ……あっ……ああっ……もうだめっ……ああん、イクぅっ！ああんっ、イッちゃううう！」

ビクンッ、ビクンッと、彼女の腰が大きく痙攣した。

その震えが、杏一郎の亀頭を刺激する。

「くぅぅ、だ、だめだ。出るッ」

「ああん、いいわ。きて、ちょうだい。このままちょうだいッ」

穂花が叫んだ。

杏一郎は奥まで突き入れながら、ついに熱い樹液を吹きあげた。

どくん、どくん、とペニスが脈動し、穂花の中にたっぷりの精を放出する。

射精の刺激で、全身が甘く痺れていく。

杏一郎は穂花を強く抱きしめながら、最後の一滴まで流し込む。

身体だけでなく、心も満たされるセックス。

それがこれほどまでに、うれしいことだったのかと、余韻と震えを噛みしめるのだった。

（了）

※本作品はフィクションです。作品内に登場する団体、人物、地域等は実在のものとは関係ありません。

田舎《いなか》の盛《さか》り妻《づま》
〈書き下ろし長編官能小説〉
2020年11月4日　初版第一刷発行

著者……………………………………………… 桜井真琴

ブックデザイン…………………橋元浩明(sowhat.Inc.)

発行人…………………………………………後藤明信
発行所……………………………………株式会社竹書房
〒102-0072　東京都千代田区飯田橋2－7－3
電　話：03-3264-1576（代表）
03-3234-6301（編集）
竹書房ホームページ　http://www.takeshobo.co.jp
印刷所…………………………… 中央精版印刷株式会社

定価はカバーに表示してあります。
乱丁・落丁の場合には当社までお問い合わせ下さい。
ISBN978-4-8019-2430-7 C0193

竹書房ラブロマン文庫　近刊目録

長編官能小説
まぐわい村の義姉
九坂久太郎　著

十数年ぶりに帰郷した青年はなぜか村の美女たちから淫らな奉仕を受ける毎日を…。快楽の誘惑ハーレムロマン！

660円＋税

長編官能小説
人妻肉林サークル
杜山のずく　著

倦怠期の夫婦は刺激を求めて不倫サークルに入会し、互いに新たな快楽を見出し!?　気鋭の描く夫婦和合ロマン。

660円＋税

好評既刊

長編官能小説
人妻　痴女くらべ
庵乃音人　著

「こんなに淫らな女でごめんなさい…」快楽に乱れまくり、一線を越える人妻たち！　超刺激的な淫乱エロス登場。

660円＋税

長編官能小説
おねだり民宿
美野晶　著

土砂崩れで山奥に取り残された女だらけの民宿で、青年は快楽の日々を過ごす…！　俊英の描く田舎まぐわい長編。

660円＋税

好評既刊

長編官能小説
欲情ハーレム病棟
桜井真琴　著

美熟の女医から清楚なナース、人妻受付嬢まで、病院内の女たちが淫らに発情！　蜜楽の入院ハーレムロマン。

660円＋税

長編官能小説
全裸村へようこそ
北條拓人　著

青年が訪れた村は、外を歩いても宿にいても美女たちがご奉仕してくれる快楽の桃源郷…。媚肉ハーレム長編！

660円＋税

長編官能小説
相部屋アパート
河里一伸　著

自室に住めなくなってしまった青年は美人管理人、お隣の熟女たちの部屋を泊まり歩き、快楽の夜を過ごす…！

660円＋税

長編官能小説〈新装版〉
たかぶりマッサージ
美野　晶　著

青年は性感マッサージでアスリート美女を発情させ媚肉をねっとり味わう…。誘惑ロマンの傑作が新装で登場！

660円＋税

長編官能小説
つゆだくお届け便
鷹澤フブキ　著

食事の宅配サービスにきた美人妻たちが青年を誘惑する…！　自宅にいながら快楽を味わう出前ハーレムロマン！

660円＋税

好評既刊

長編官能小説

ふしだら近所づきあい

梶 怜紀 著

生花店を営む男は、ふとしたキッカケで近くに住む美女たちと快楽の契りを結ぶ…。誘惑ご近所ハーレム長編！

660円＋税

時代官能小説

艶討ち始末人

八神淳一 著

江戸時代。美しき女暗殺者は敵に囚われ淫らな肉体を蹂躙される…！ 巨匠が描く時代官能エンターテインメント。

660円＋税

次回刊行案内

長編官能小説

まさぐり先生

北條拓人 著

俊英が描く年上美女との誘惑快楽！
2020年11月16日発売予定!!

かつて憧れた女先生たちが、青年を淫らに癒す…

660円＋税